APACHE JUNCTION

BUCH 2 – SCHATTEN IM WIND

Text und Zeichnungen
PETER NUYTEN

Long time ago, many of the Foolish People were travelling.
Then a grasshopper flew over onto the forehead of one of them.
Then »Shoot this.« he said.
And pointed to his forehead.
Then another one of the Foolish People shot at his forehead.
And the one who shot at his forehead thought thus.
He thought that he'd killed only the grasshopper.
But he killed the man also.

Chiricahua Apache myth

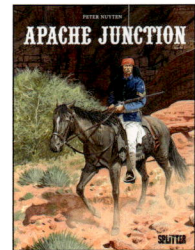

Band 1 | Buch 1
ISBN: 978-3-86869-734-6

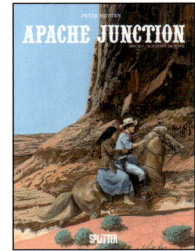

Band 2 | Schatten im Wind
ISBN: 978-3-86869-735-3

in Vorbereitung:
Band 3 | Titel steht noch nicht fest
ISBN: 978-3-86869-736-0

Peter Nuyten

Weitere Veröffentlichungen:

Nuyten
Auguria | Silvester

SPLITTER Verlag
1. Auflage 03/2016
© Splitter Verlag GmbH & Co. KG · Bielefeld 2016
Aus dem Niederländischen von James ter Beek und Mareike Viebahn
APACHE JUNCTION: BOEK 2, SCHADUWEN IN DE WIND
Copyright © 2015 Peter Nuyten
Bearbeitung: Martin Budde und Delia Wüllner-Schulz
Lettering und Covergestaltung: Dirk Schulz
Herstellung: Horst Gotta
Druck und buchbinderische Verarbeitung:
AUMÜLLER Druck / CONZELLA Verlagsbuchbinderei
Alle deutschen Rechte vorbehalten
Printed in Germany
iSBN: 978-3-86869-735-3

Weitere infos und den Newsletter zu unserem Verlagsprogramm unter:
www.splitter-verlag.de

News, Trends und Infos rund um den deutschsprachigen Comicmarkt unter:

 www.comic.de
Verlagsübergreifende Berichterstattung mit
vielen Insiderinformationen und Previews!

* (SPAN., WÖRTLICH:) VERDAMMT! TEUFELSDRECK!

* (ENGL., WÖRTL.: »BLAUBÄUCHE«) SPITZNAME FÜR DIE SOLDATEN DER (NORDSTAATEN-)UNION

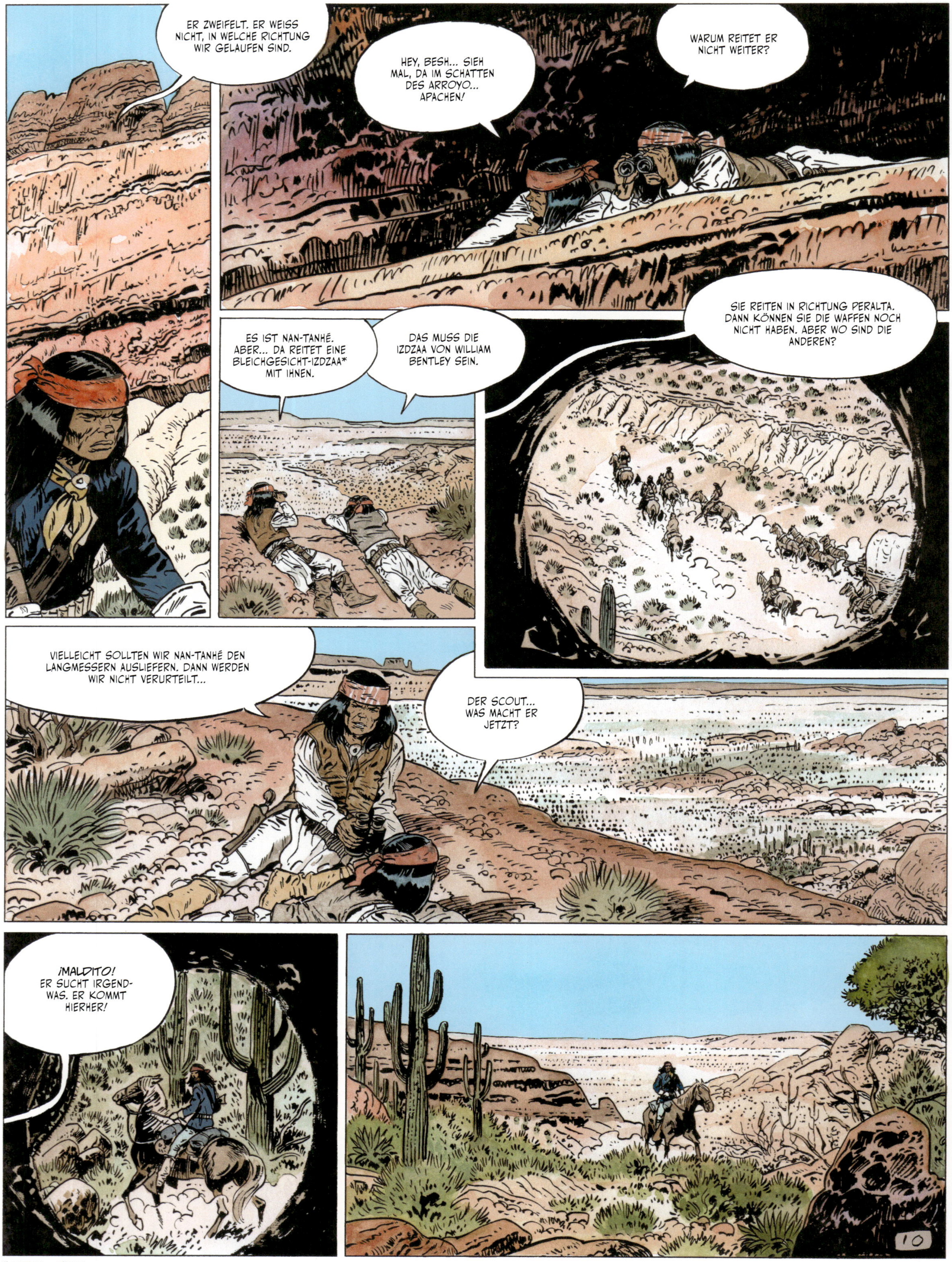

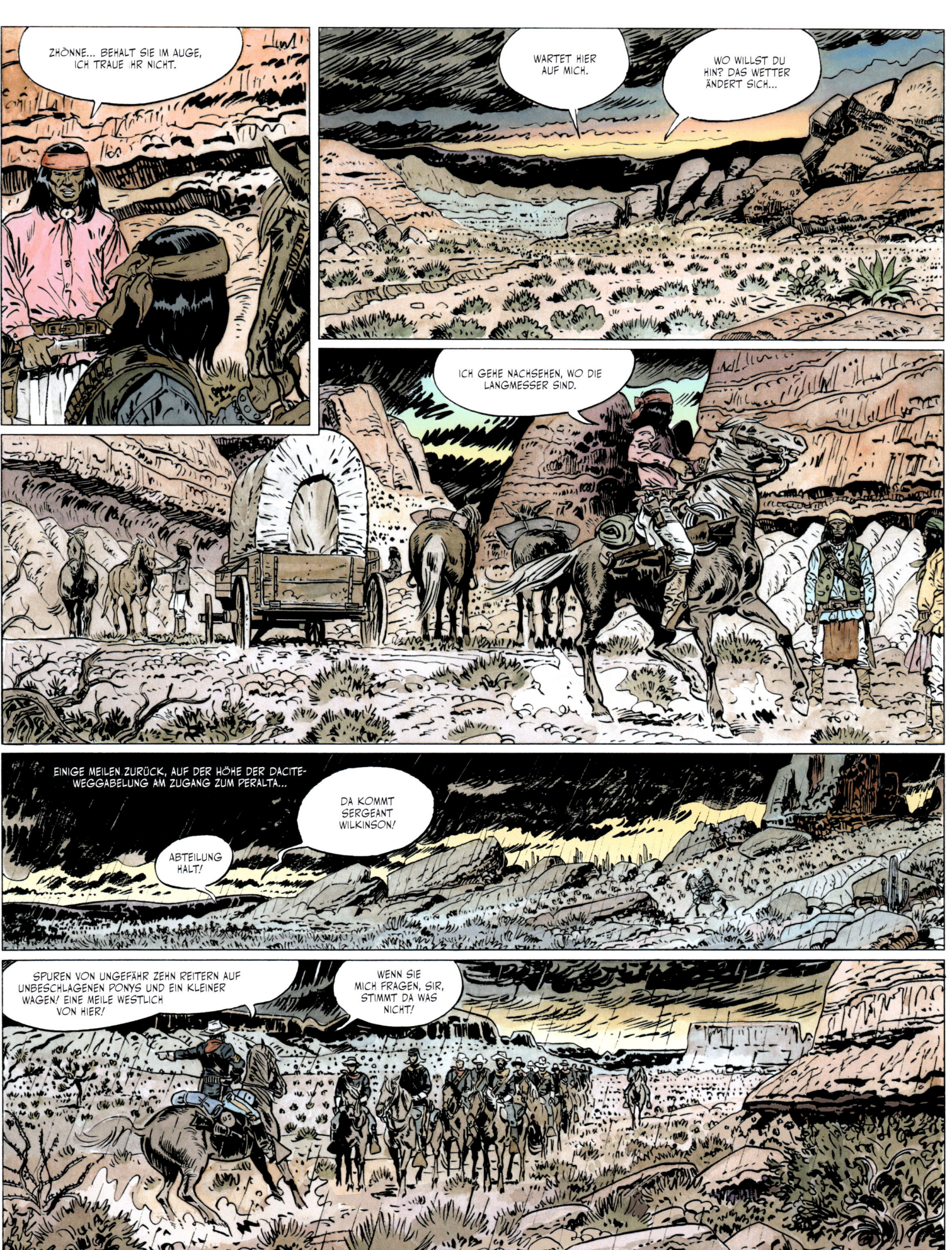

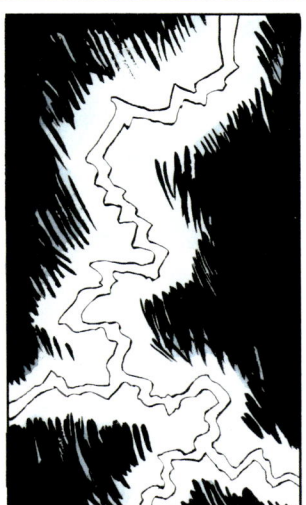

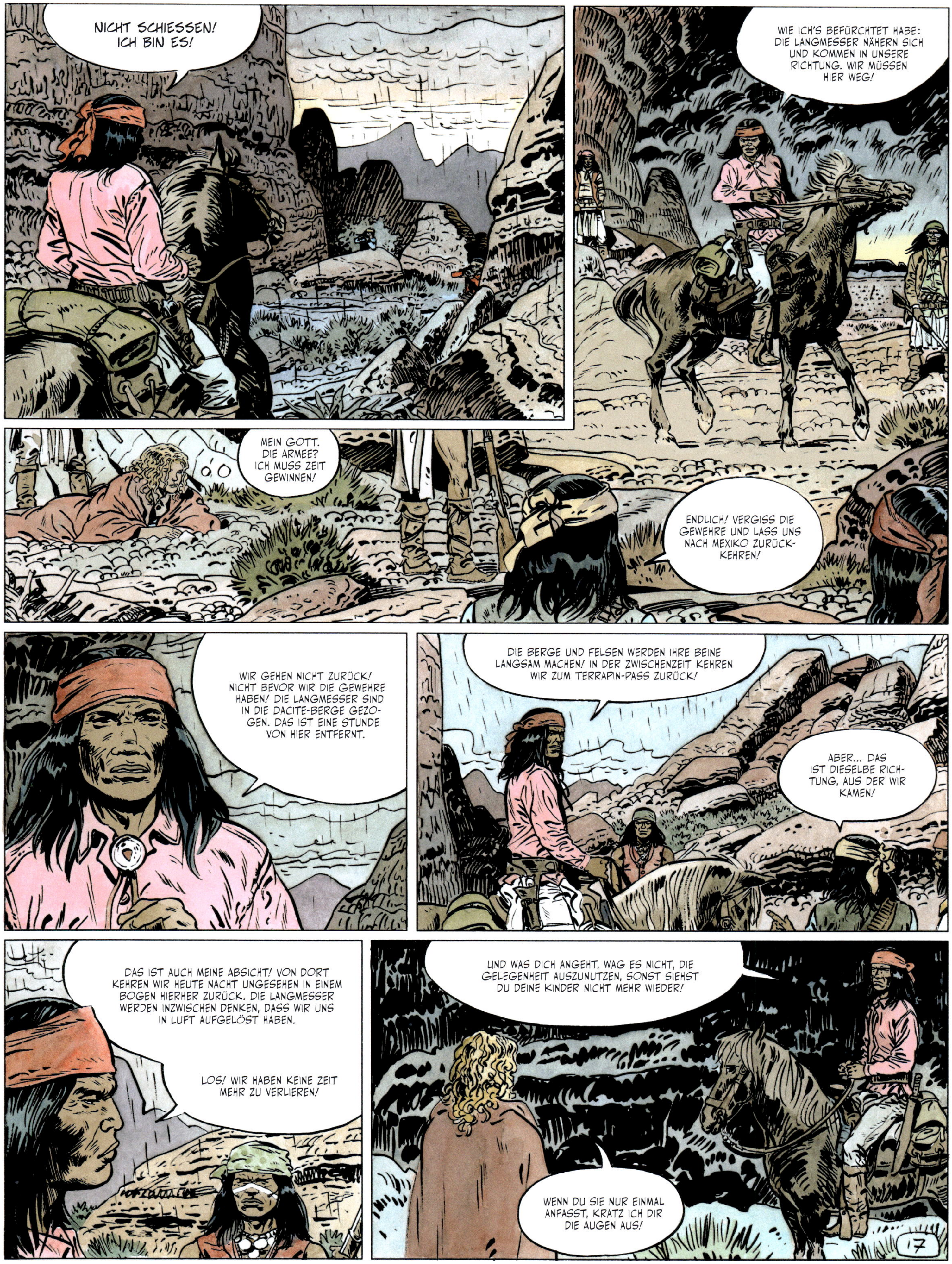

* USSEN = GOTT

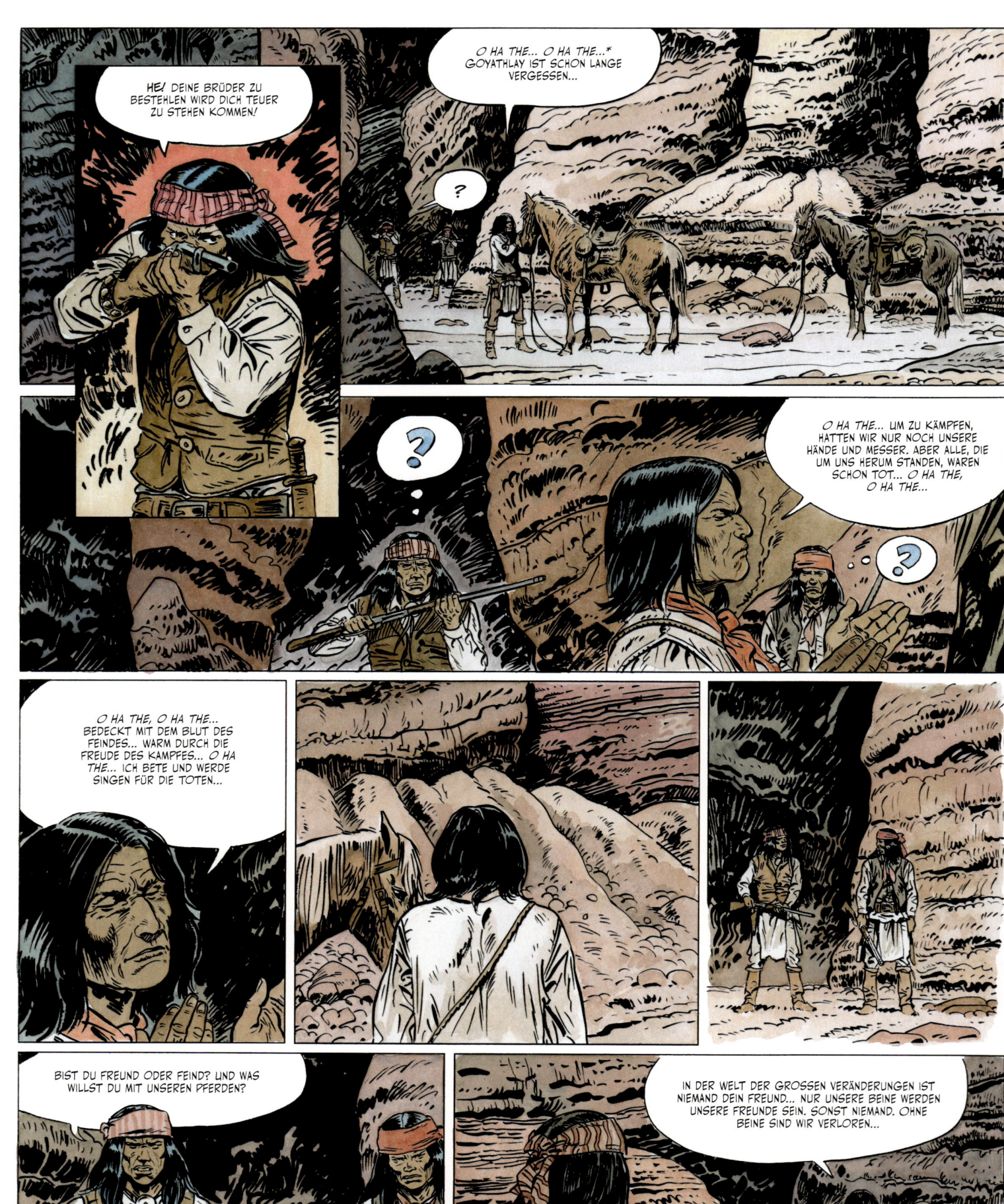

* ÁSHOOD = DANKE

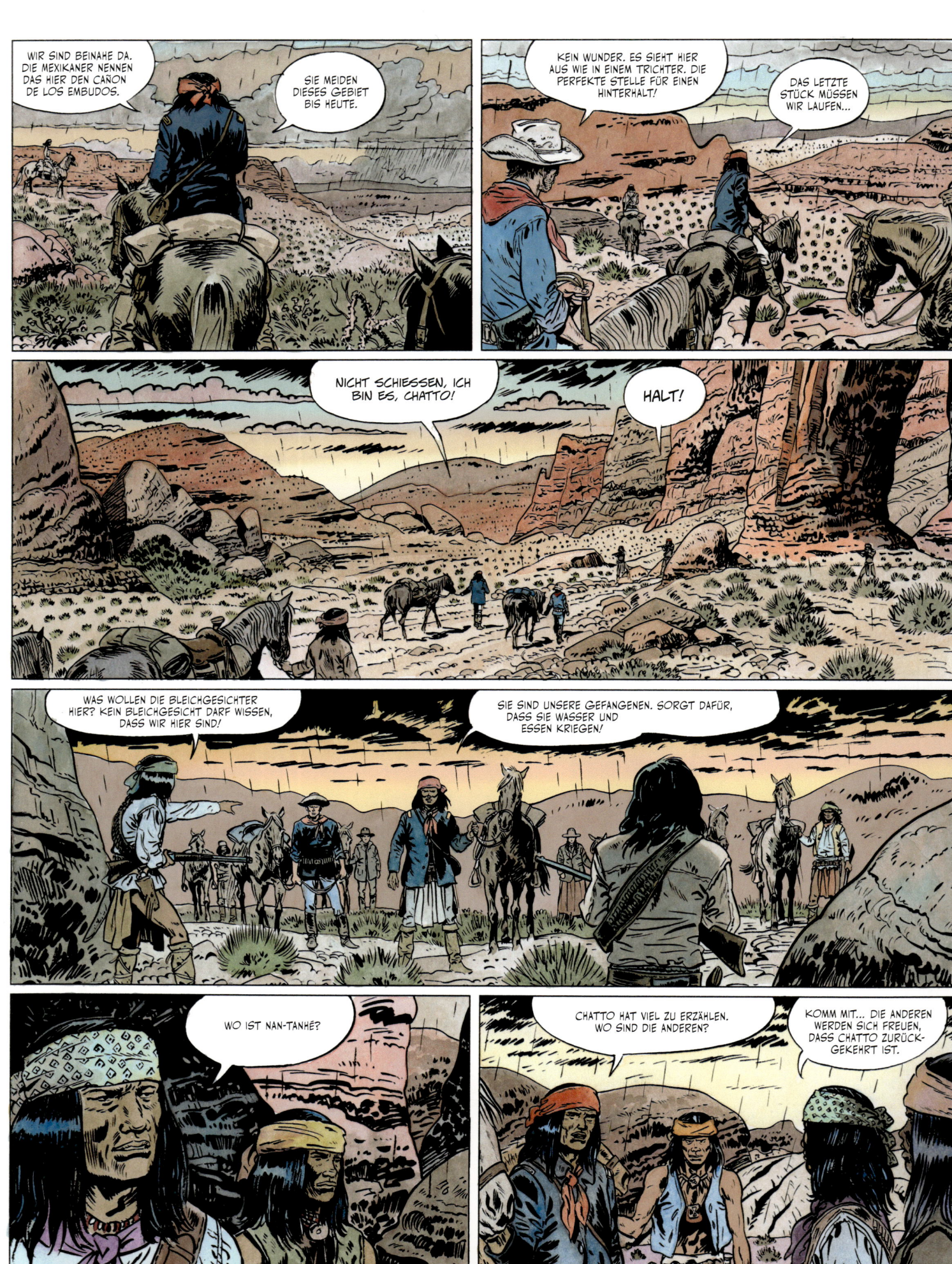

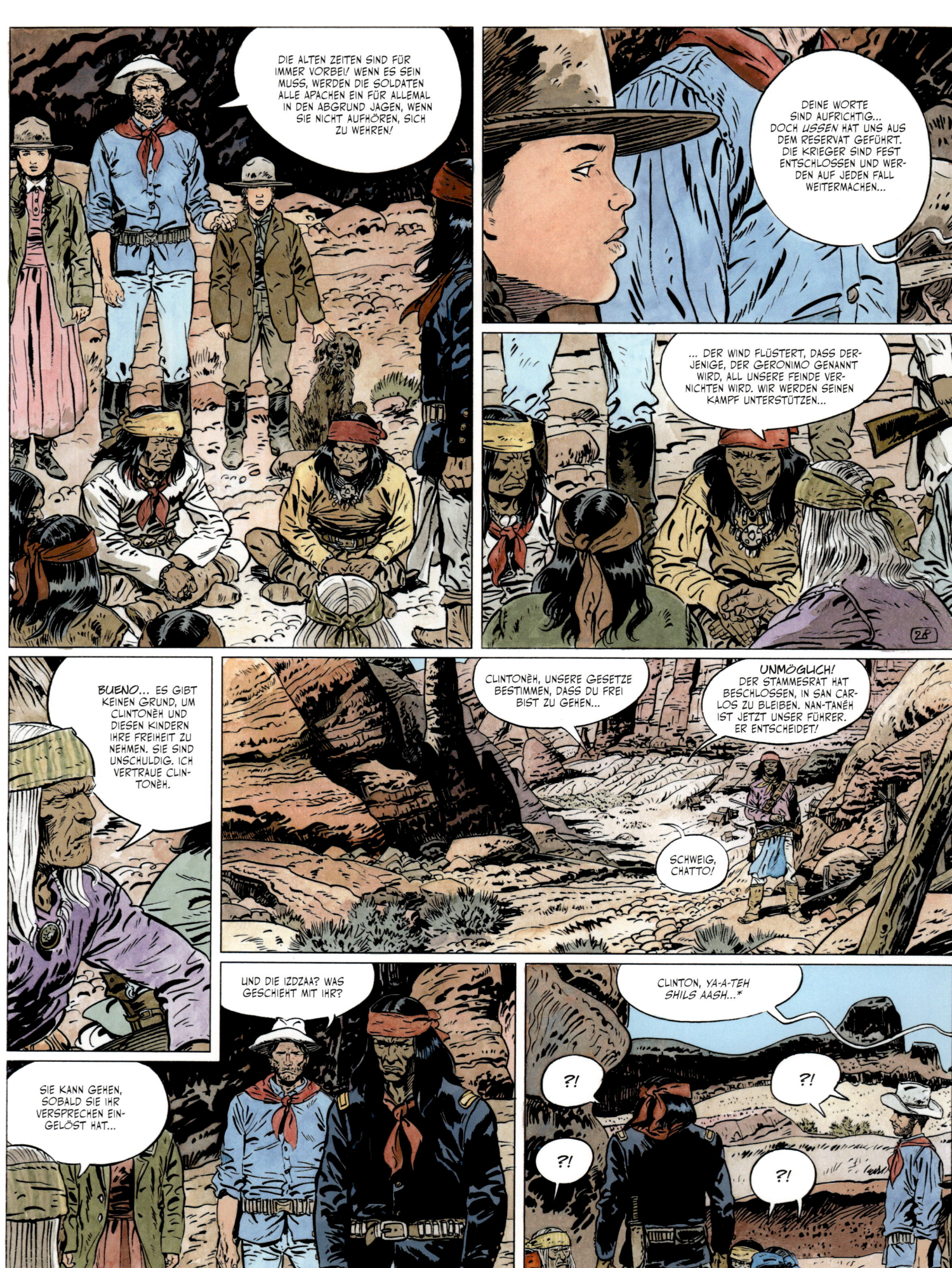

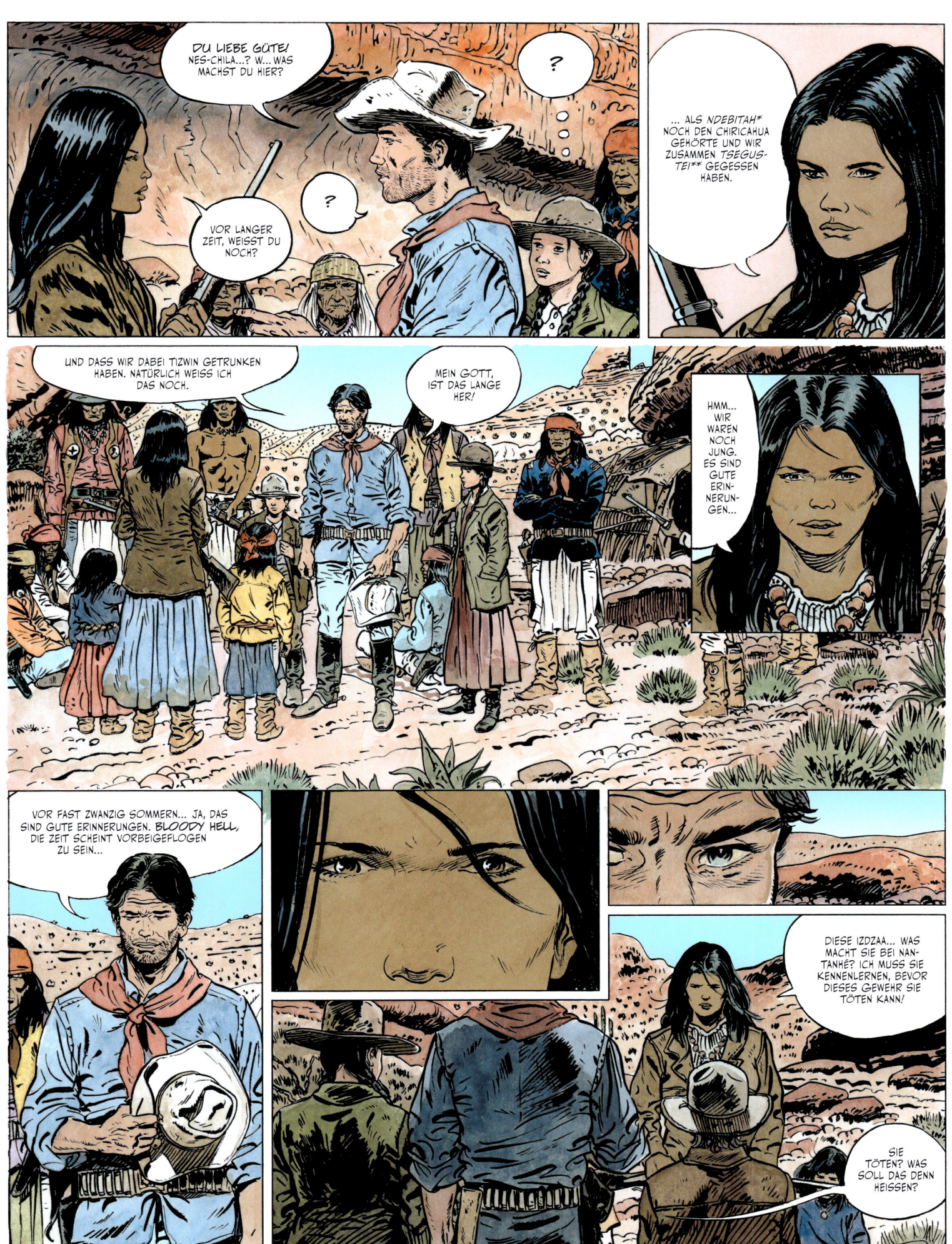

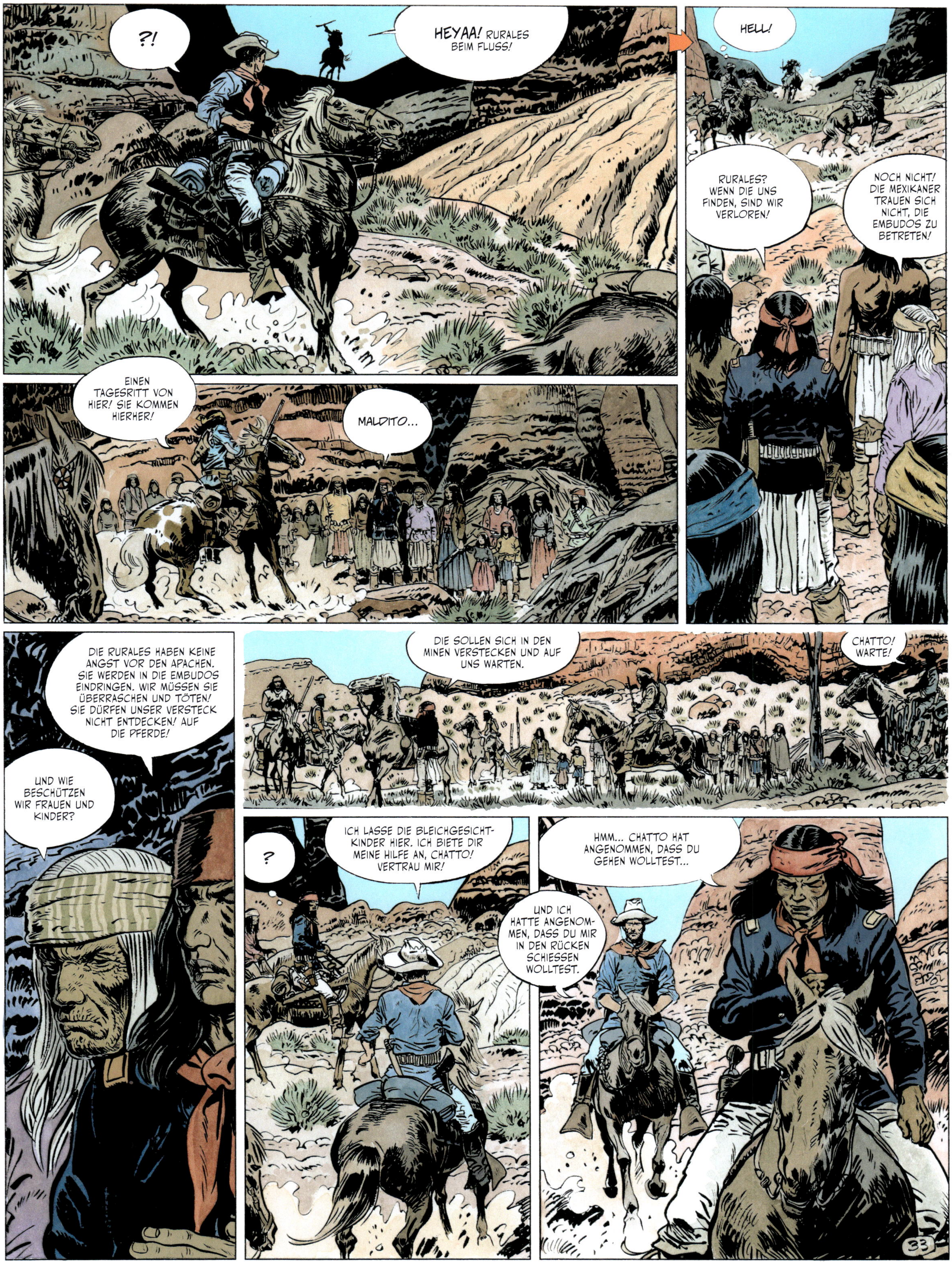
?!
HEYAA! RURALES BEIM FLUSS!
HELL!
RURALES? WENN DIE UNS FINDEN, SIND WIR VERLOREN!
NOCH NICHT! DIE MEXIKANER TRAUEN SICH NICHT, DIE EMBUDOS ZU BETRETEN!
EINEN TAGESRITT VON HIER! SIE KOMMEN HIERHER!
MALDITO...
DIE RURALES HABEN KEINE ANGST VOR DEN APACHEN. SIE WERDEN IN DIE EMBUDOS EINDRINGEN. WIR MÜSSEN SIE ÜBERRASCHEN UND TÖTEN! SIE DÜRFEN UNSER VERSTECK NICHT ENTDECKEN! AUF DIE PFERDE!
UND WIE BESCHÜTZEN WIR FRAUEN UND KINDER?
DIE SOLLEN SICH IN DEN MINEN VERSTECKEN UND AUF UNS WARTEN.
CHATTO! WARTE!
?
ICH LASSE DIE BLEICHGESICHT-KINDER HIER. ICH BIETE DIR MEINE HILFE AN, CHATTO! VERTRAU MIR!
HMM... CHATTO HAT ANGENOMMEN, DASS DU GEHEN WOLLTEST...
UND ICH HATTE ANGENOMMEN, DASS DU MIR IN DEN RÜCKEN SCHIESSEN WOLLTEST.
33

WARTET! ICH GEHE AUCH MIT!
ALLMÄCHTIGER! BLEIB UM GOTTES WILLEN HIER, DAS IST ZU GEFÄHRLICH!
SPAR DIR DIE MÜHE. SIE HAT DURCH DIESE SCHLANGEN SCHON EIN KIND VERLOREN. WENN CLINTONËH JETZT IMMER NOCH NICHT EINSIEHT, DASS CHIRICAHUA-FRAUEN WIE PUMAS KÄMPFEN KÖNNEN...
US
ABER DIESE KERLE SIND BEKANNT DAFÜR...
DIESMAL HAT MEIN BRUDER RECHT...
LASST ALLE, DIE ZURÜCKBLEIBEN, DIE WICKYUPS ABBRECHEN UND ALLE SPUREN UNSERES AUFENTHALTS VERWISCHEN. WIR DÜRFEN KEINE ZEIT VERLIEREN!
WIRD MR. CLINTON WIEDERKOMMEN, MARY?
MACH DIR KEINE SORGEN, JOHNNY... MR. CLINTON KOMMT ZURÜCK...
HIER SEID IHR SICHER, KINDER. WARTET HIER AUF MICH!
KOMM, JOHN... HELFEN WIR DEN LEUTEN EIN BISSCHEN.
34

INZWISCHEN IN DER GEGEND DER DACITE-BERGE...

HE... IZDZAA!

NEIN... WIR MÜSSEN IN DIESE RICHTUNG!

WIR REITEN SCHON SEIT STUNDEN RICHTUNG WESTEN. ICH GLAUBE, DU VERSUCHST, ZEIT ZU SCHINDEN!

MEIN GOTT, DAS GLAUBT ER NIEMALS...

MEINE GEDULD IST ZU ENDE! DU LOCKST UNS DIREKT IN DIE ARME DER LANGMESSER!

NA, DANN LOS! SCHIESS DOCH!

JA, ERSCHIESS SIE! DIE IZDZAA HÄLT UNS ZUM NARREN!

ES TUT MIR LEID... ABER... DIE MISTGEWEHRE SIND NICHT HIER...

SIE WILL NUR ZEIT GEWINNEN, SODASS DIE LANGMESSER SIE BEFREIEN KÖNNEN!

SCHWEIG, DAH-KEYA! UND ÜBERLASS DAS DENKEN MIR!

38

CHINCHE GEHT MIT DIR MIT, WEIL ICH DIR NICHT VERTRAUE. KOMMST DU OHNE GEWEHRE ZURÜCK, DANN WERDEN DEINE KINDER STERBEN!	MOMENT... ICH BIN NIE OHNE BILL IN DIE STADT GEFAHREN. MCCARTHY WIRD GARANTIERT FRAGEN, WO ER IST. UND MIT EINEM APACHEN BEI MIR AUF DEM BOCK...

DAS WIRD AUCH MCCARTHY ÜBERZEUGEN!

LOS! KOMM HER!

DIE IZDZAA IST NICHT DUMM. HMM... DANN SAGST DU EINFACH, DASS CHINCHE VON AGENT THOMAS VOM RESERVAT GESCHICKT WURDE, ALS KNECHT FÜR DIE FARM.

MEIN GOTT... EIN APACHE ALS HILFE. DAS GLAUBT DOCH KEINER...

VIELLEICHT WIRD CHINCHE ERKANNT, UND DANN WIRD SIE UNS VERRATEN!

CHINCHE WEISS, DASS ER SIE IN DEM FALL TÖTEN MUSS...

UND IHRE KINDER?

VERKAUFEN WIR! SOBALD WIR ZURÜCK IN MEXIKO SIND...

ES IST NOCH FRÜH. DA FALLEN WIR ZUM GLÜCK NICHT SO AUF...

OJE... DAS IST ABE SALLINGER, EIGENTÜMER DER MINE UND DES HOTELS...

IZDZAA MUSS GANZ NORMAL TUN UND EINFACH WEITERFAHREN... CHINCHE RICHTET SEINEN COLT AUF SIE...

UM GOTTES WILLEN, NIMM DAS DING WEG!

?

NA, SO WAS! GUTEN MORGEN, MRS. BENTLEY! SIE SIND JA SCHON FRÜH UNTERWEGS!

ÄH... GUTEN MORGEN, MR. SALLINGER. J...JA, SEHR FRÜH... HERRLICHES WETTER, FINDEN SIE NICHT AUCH?

JA, IN DER TAT, MRS. BENTLEY. ICH...

?!

WELL, WELL... DIE HAT ES EILIG...

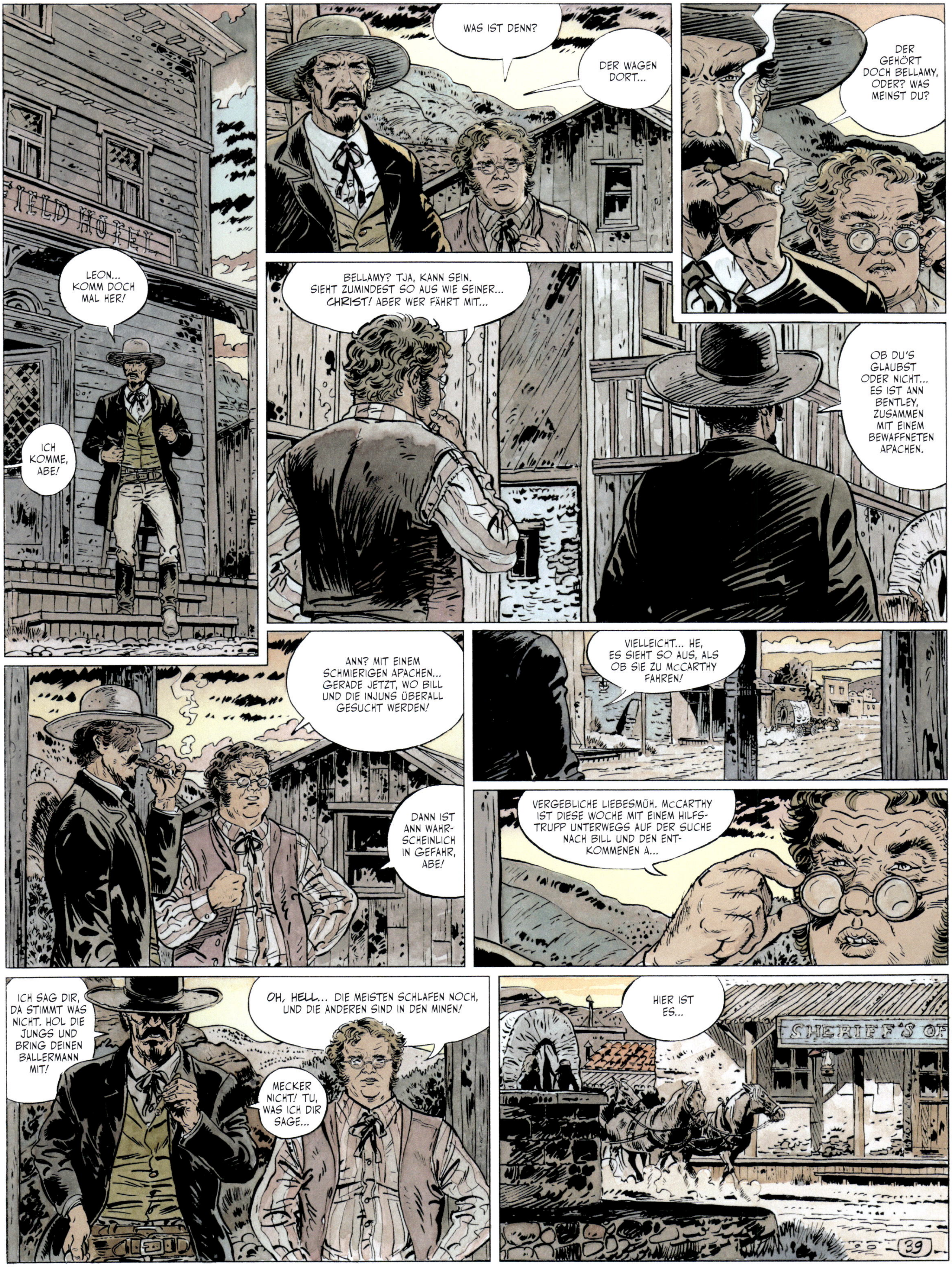
LEON... KOMM DOCH MAL HER!
ICH KOMME, ABE!
WAS IST DENN?
DER WAGEN DORT...
DER GEHÖRT DOCH BELLAMY, ODER? WAS MEINST DU?
BELLAMY? TJA, KANN SEIN. SIEHT ZUMINDEST SO AUS WIE SEINER... CHRIST! ABER WER FÄHRT MIT...
OB DU'S GLAUBST ODER NICHT... ES IST ANN BENTLEY, ZUSAMMEN MIT EINEM BEWAFFNETEN APACHEN.
ANN? MIT EINEM SCHMIERIGEN APACHEN... GERADE JETZT, WO BILL UND DIE INJUNS ÜBERALL GESUCHT WERDEN!
DANN IST ANN WAHRSCHEINLICH IN GEFAHR, ABE!
VIELLEICHT... HE, ES SIEHT SO AUS, ALS OB SIE ZU McCARTHY FAHREN!
VERGEBLICHE LIEBESMÜH. McCARTHY IST DIESE WOCHE MIT EINEM HILFSTRUPP UNTERWEGS AUF DER SUCHE NACH BILL UND DEN ENTKOMMENEN A...
ICH SAG DIR, DA STIMMT WAS NICHT. HOL DIE JUNGS UND BRING DEINEN BALLERMANN MIT!
OH, HELL... DIE MEISTEN SCHLAFEN NOCH, UND DIE ANDEREN SIND IN DEN MINEN!
MECKER NICHT! TU, WAS ICH DIR SAGE...
HIER IST ES...
SHERIFF'S OF
39

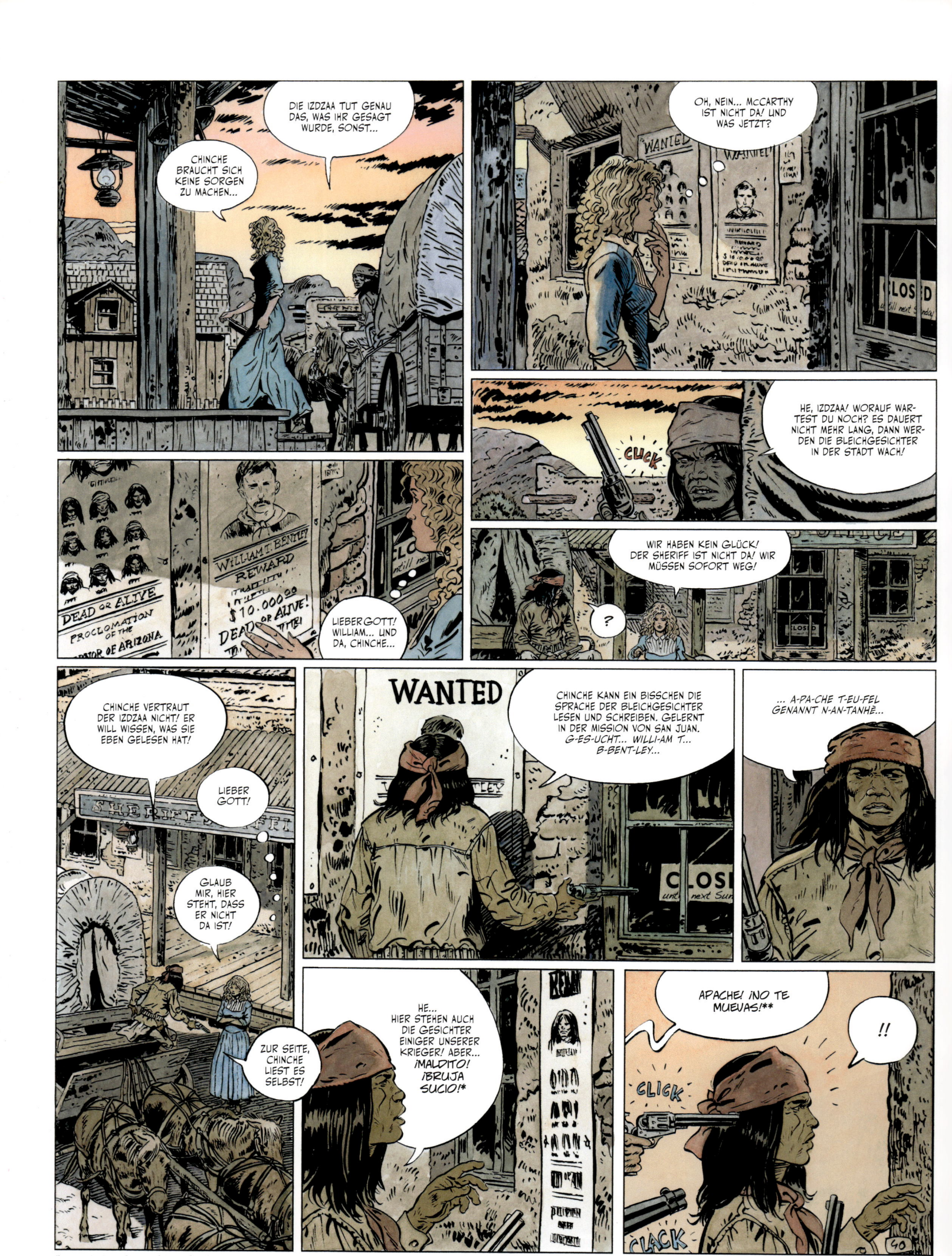

* BRUJA SUCIO = SCHMIERIGE HEXE
** NO TE MUEVAS! = NICHT BEWEGEN!

* ¿CHINCHE HA CAÍDO EN LA TRAMPA? = CHINCHE IST IN DIE FALLE GELAUFEN?
** ¡ALTO AHÍ, APACHE DIABLO! SUELTE EL ARMA...= HALT, TEUFELSAPACHE! LASS DIE WAFFE FALLEN!

ICH HAB IHN, LEON!
DIESER ROTE SCHUFT HAT DEN TOD VON BEL-LAMY AUF DEM GEWISSEN!
JA, LASST UNS JAKE RÄCHEN!
KOMMT NICHT IN FRAGE. WIR KÖNNEN NICHT EIGENMÄCHTIG RICHTER SPIELEN!
ABER ANDERERSEITS... EIN APACHE MEHR ODER WENIGER, TJA, DAS MACHT IM PRINZIP AUCH NICHTS AUS. DANN SAGEN WIR EBEN, DASS ES NOTWEHR WAR.
TSS... WIE EINFALLS-REICH, MR. SALLINGER!
STOPP! ER IST UNSCHULDIG! DER APACHE GEHÖRT ZU MIR!
?
ER... ER IST NUR VORÜBERGEHEND ALS AUSHILFE AUF DER FARM. AGENT THOMAS HAT IHN MIR ANVERTRAUT...
AUS-HILFE?!
... VORÜBER-GEHEND?
UHH...
JA... WEIL WILLIAM AUF DER FLUCHT IST UND ICH UND DIE KINDER ALLES ALLEINE MACHEN MÜSSEN...
SO, SO... DER AGENT VON SAN CARLOS SCHICKT MRS. BENTLEY AUSGERECHNET EINEN APACHEN? KOMMEN SIE, ANN, SIE HÄTTEN DOCH GANZ EINFACH IN APACHE JUNCTION UM HILFE FRAGEN KÖNNEN... AUSSERDEM... WARUM SIND SIE ZUM SHERIFF GEGANGEN?
HIMMEL... WIE KOMME ICH DA WIEDER RAUS?
ÄH... WILLIAM WAR IM RESERVAT GERN GESEHEN. SHERIFF McCARTHY MUSS EINEN PASSIERSCHEIN FÜR DEN APACHEN UNTERSCHREIBEN. FRAGEN SIE IHN, WENN SIE MIR NICHT GLAUBEN...
EIN BISSCHEN BLUFFEN SCHA-DET NICHT!
MALDITO, DIE IZDZAA BESCHÜTZT CHINCHE?
42

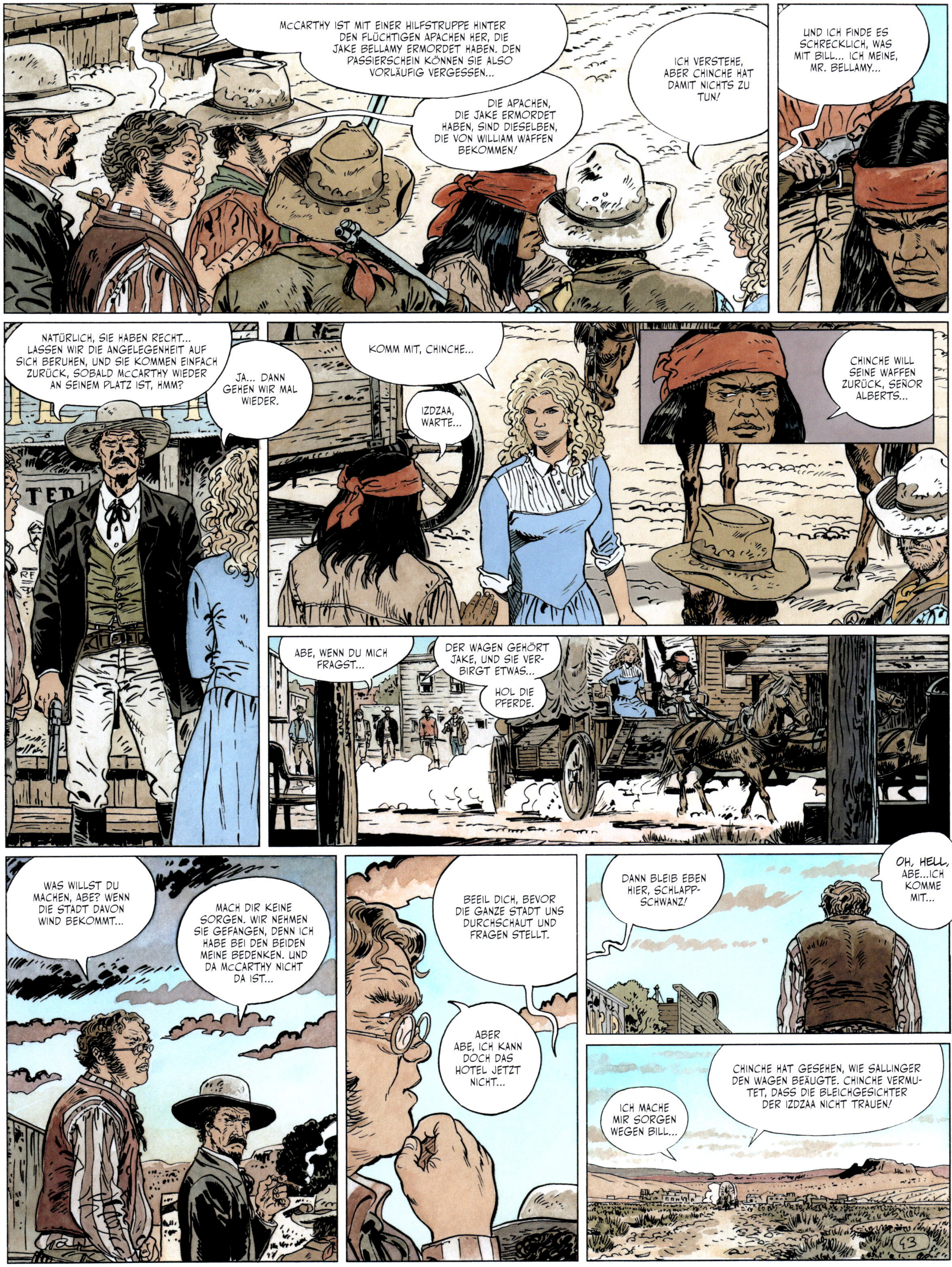
McCARTHY IST MIT EINER HILFSTRUPPE HINTER DEN FLÜCHTIGEN APACHEN HER, DIE JAKE BELLAMY ERMORDET HABEN. DEN PASSIERSCHEIN KÖNNEN SIE ALSO VORLÄUFIG VERGESSEN...
DIE APACHEN, DIE JAKE ERMORDET HABEN, SIND DIESELBEN, DIE VON WILLIAM WAFFEN BEKOMMEN!
ICH VERSTEHE, ABER CHINCHE HAT DAMIT NICHTS ZU TUN!
UND ICH FINDE ES SCHRECKLICH, WAS MIT BILL... ICH MEINE, MR. BELLAMY...
NATÜRLICH, SIE HABEN RECHT... LASSEN WIR DIE ANGELEGENHEIT AUF SICH BERUHEN, UND SIE KOMMEN EINFACH ZURÜCK, SOBALD McCARTHY WIEDER AN SEINEM PLATZ IST, HMM?
JA... DANN GEHEN WIR MAL WIEDER.
KOMM MIT, CHINCHE...
IZDZAA, WARTE...
CHINCHE WILL SEINE WAFFEN ZURÜCK, SEÑOR ALBERTS...
ABE, WENN DU MICH FRAGST...
DER WAGEN GEHÖRT JAKE, UND SIE VERBIRGT ETWAS...
HOL DIE PFERDE.
WAS WILLST DU MACHEN, ABE? WENN DIE STADT DAVON WIND BEKOMMT...
MACH DIR KEINE SORGEN. WIR NEHMEN SIE GEFANGEN, DENN ICH HABE BEI DEN BEIDEN MEINE BEDENKEN. UND DA McCARTHY NICHT DA IST...
BEEIL DICH, BEVOR DIE GANZE STADT UNS DURCHSCHAUT UND FRAGEN STELLT.
ABER ABE, ICH KANN DOCH DAS HOTEL JETZT NICHT...
DANN BLEIB EBEN HIER, SCHLAPPSCHWANZ!
OH, HELL, ABE...ICH KOMME MIT...
ICH MACHE MIR SORGEN WEGEN BILL...
CHINCHE HAT GESEHEN, WIE SALLINGER DEN WAGEN BEÄUGTE. CHINCHE VERMUTET, DASS DIE BLEICHGESICHTER DER IZDZAA NICHT TRAUEN!
43

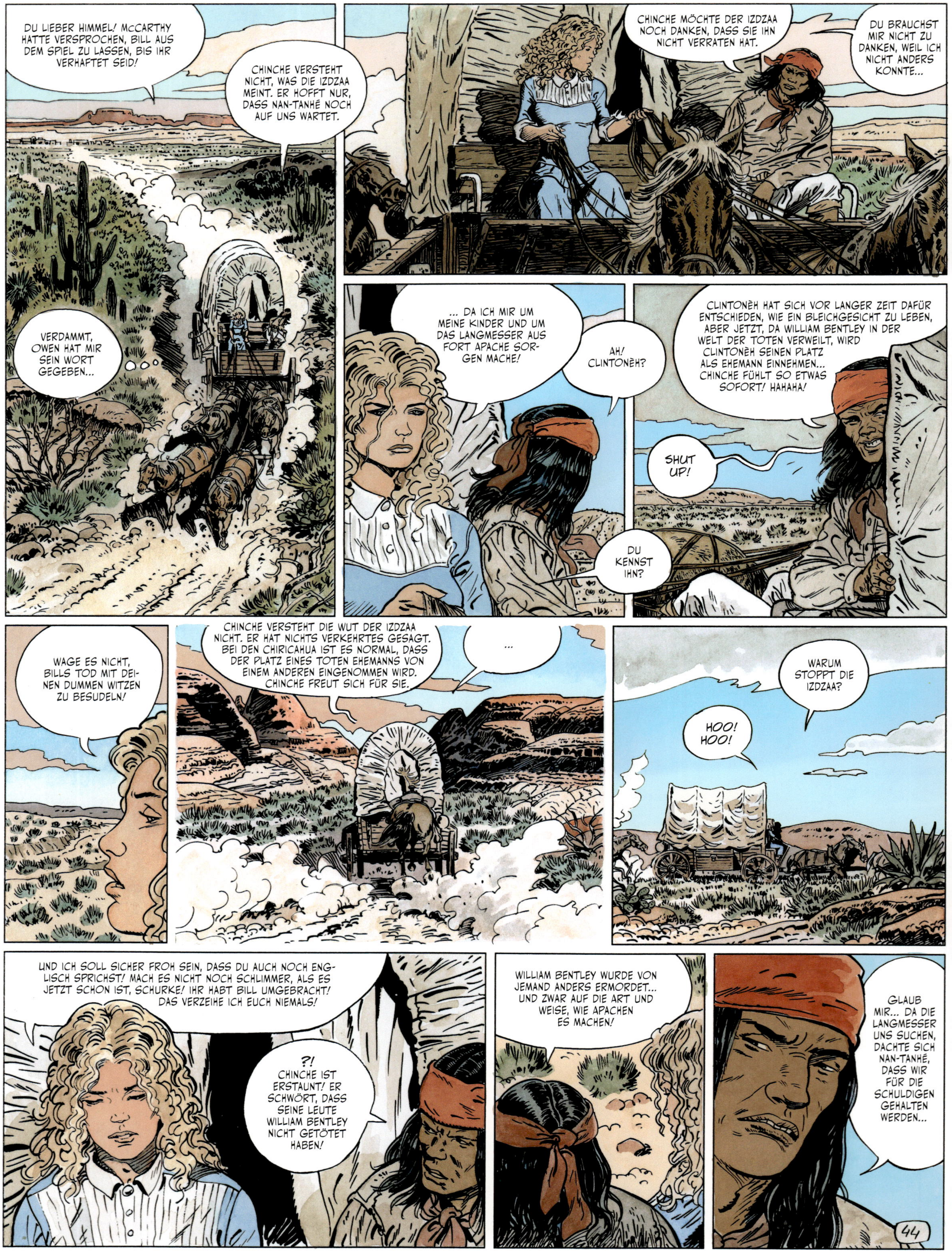
DU LIEBER HIMMEL! McCARTHY HATTE VERSPROCHEN, BILL AUS DEM SPIEL ZU LASSEN, BIS IHR VERHAFTET SEID!
CHINCHE VERSTEHT NICHT, WAS DIE IZDZAA MEINT. ER HOFFT NUR, DASS NAN-TANHÉ NOCH AUF UNS WARTET.
VERDAMMT, OWEN HAT MIR SEIN WORT GEGEBEN...
CHINCHE MÖCHTE DER IZDZAA NOCH DANKEN, DASS SIE IHN NICHT VERRATEN HAT.
DU BRAUCHST MIR NICHT ZU DANKEN, WEIL ICH NICHT ANDERS KONNTE...
... DA ICH MIR UM MEINE KINDER UND UM DAS LANGMESSER AUS FORT APACHE SORGEN MACHE!
AH! CLINTONÈH?
DU KENNST IHN?
CLINTONÈH HAT SICH VOR LANGER ZEIT DAFÜR ENTSCHIEDEN, WIE EIN BLEICHGESICHT ZU LEBEN, ABER JETZT, DA WILLIAM BENTLEY IN DER WELT DER TOTEN VERWEILT, WIRD CLINTONÈH SEINEN PLATZ ALS EHEMANN EINNEHMEN... CHINCHE FÜHLT SO ETWAS SOFORT! HAHAHA!
SHUT UP!
WAGE ES NICHT, BILLS TOD MIT DEINEN DUMMEN WITZEN ZU BESUDELN!
CHINCHE VERSTEHT DIE WUT DER IZDZAA NICHT. ER HAT NICHTS VERKEHRTES GESAGT. BEI DEN CHIRICAHUA IST ES NORMAL, DASS DER PLATZ EINES TOTEN EHEMANNS VON EINEM ANDEREN EINGENOMMEN WIRD. CHINCHE FREUT SICH FÜR SIE.
...
WARUM STOPPT DIE IZDZAA?
HOO! HOO!
UND ICH SOLL SICHER FROH SEIN, DASS DU AUCH NOCH ENGLISCH SPRICHST! MACH ES NICHT NOCH SCHLIMMER, ALS ES JETZT SCHON IST, SCHURKE! IHR HABT BILL UMGEBRACHT! DAS VERZEIHE ICH EUCH NIEMALS!
?! CHINCHE IST ERSTAUNT! ER SCHWÖRT, DASS SEINE LEUTE WILLIAM BENTLEY NICHT GETÖTET HABEN!
WILLIAM BENTLEY WURDE VON JEMAND ANDERS ERMORDET... UND ZWAR AUF DIE ART UND WEISE, WIE APACHEN ES MACHEN!
GLAUB MIR... DA DIE LANGMESSER UNS SUCHEN, DACHTE SICH NAN-TANHÉ, DASS WIR FÜR DIE SCHULDIGEN GEHALTEN WERDEN...
44

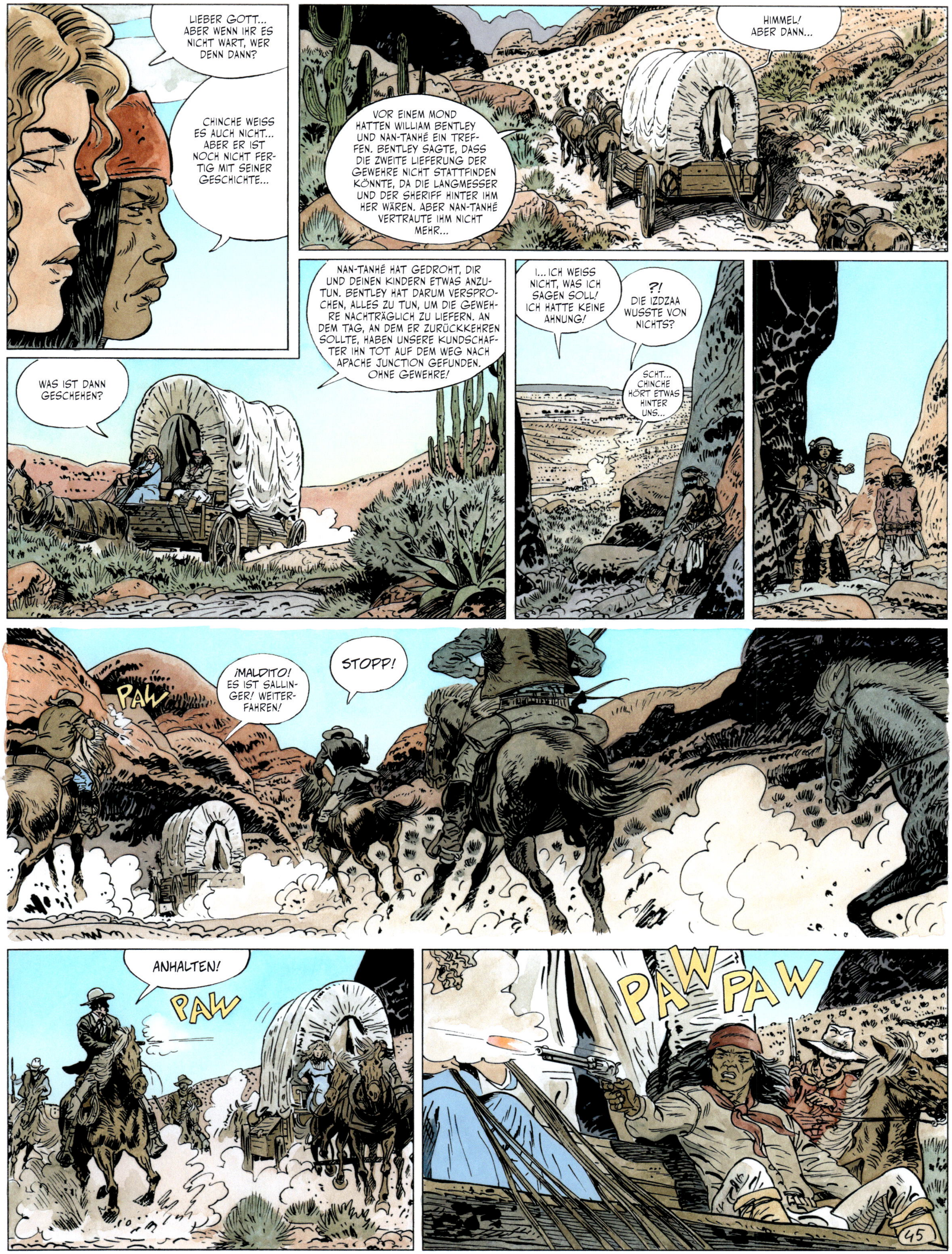
LIEBER GOTT... ABER WENN IHR ES NICHT WART, WER DENN DANN?
CHINCHE WEISS ES AUCH NICHT... ABER ER IST NOCH NICHT FERTIG MIT SEINER GESCHICHTE...
VOR EINEM MOND HATTEN WILLIAM BENTLEY UND NAN-TANHÉ EIN TREFFEN. BENTLEY SAGTE, DASS DIE ZWEITE LIEFERUNG DER GEWEHRE NICHT STATTFINDEN KÖNNTE, DA DIE LANGMESSER UND DER SHERIFF HINTER IHM HER WÄREN. ABER NAN-TANHÉ VERTRAUTE IHM NICHT MEHR...
HIMMEL! ABER DANN...
WAS IST DANN GESCHEHEN?
NAN-TANHÉ HAT GEDROHT, DIR UND DEINEN KINDERN ETWAS ANZUTUN. BENTLEY HAT DARUM VERSPROCHEN, ALLES ZU TUN, UM DIE GEWEHRE NACHTRÄGLICH ZU LIEFERN. AN DEM TAG, AN DEM ER ZURÜCKKEHREN SOLLTE, HABEN UNSERE KUNDSCHAFTER IHN TOT AUF DEM WEG NACH APACHE JUNCTION GEFUNDEN. OHNE GEWEHRE!
I... ICH WEISS NICHT, WAS ICH SAGEN SOLL! ICH HATTE KEINE AHNUNG!
?! DIE IZDZAA WUSSTE VON NICHTS?
SCHT... CHINCHE HÖRT ETWAS HINTER UNS...
PAW
¡MALDITO! ES IST SALLINGER! WEITERFAHREN!
STOPP!
ANHALTEN!
PAW
PAW PAW
45

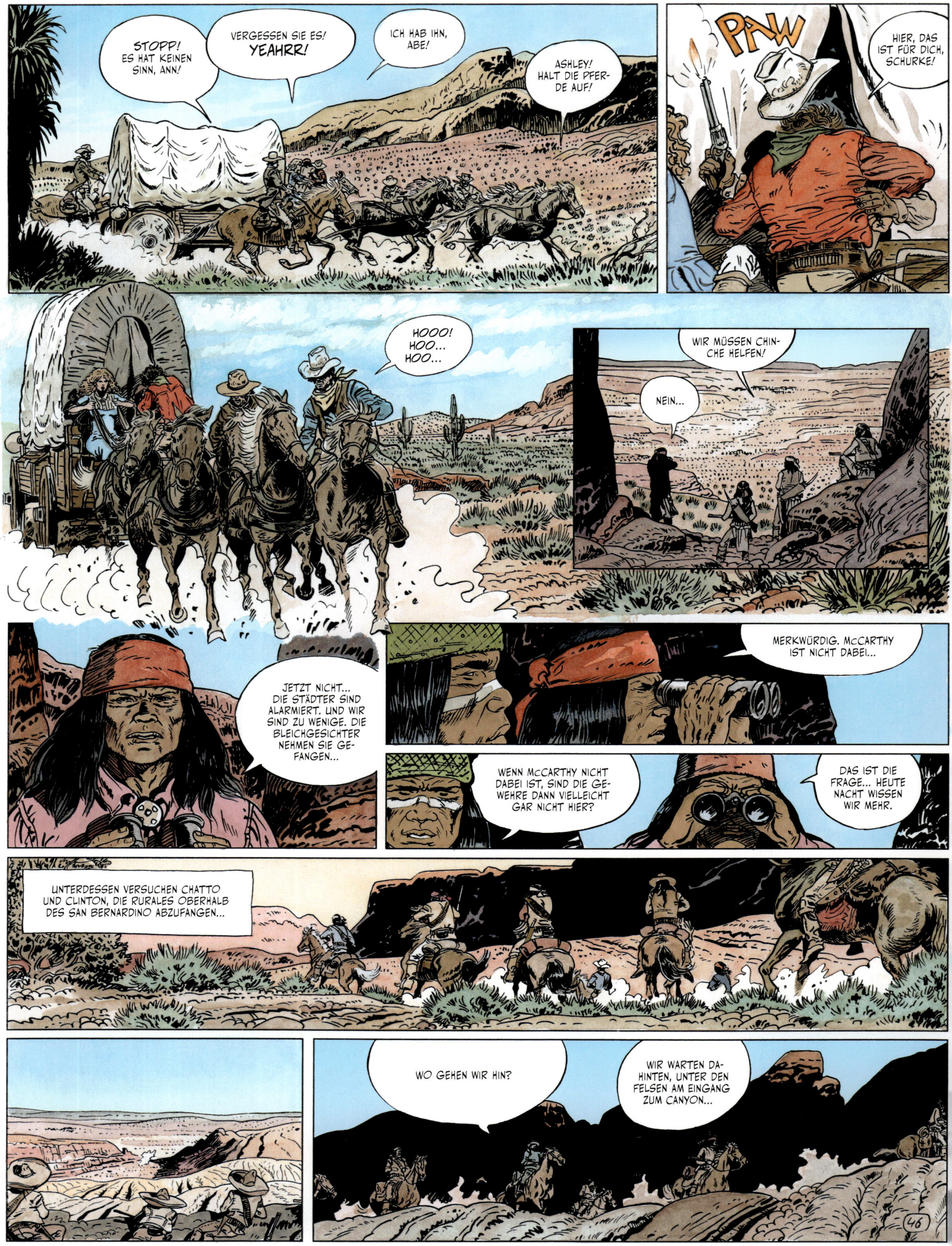
STOPP! ES HAT KEINEN SINN, ANN!
VERGESSEN SIE ES! YEAHRR!
ICH HAB IHN, ABE!
ASHLEY! HALT DIE PFERDE AUF!
PAW
HIER, DAS IST FÜR DICH, SCHURKE!
HOOO! HOO... HOO...
WIR MÜSSEN CHINCHE HELFEN!
NEIN...
JETZT NICHT... DIE STÄDTER SIND ALARMIERT. UND WIR SIND ZU WENIGE. DIE BLEICHGESICHTER NEHMEN SIE GEFANGEN...
MERKWÜRDIG. McCARTHY IST NICHT DABEI...
WENN McCARTHY NICHT DABEI IST, SIND DIE GEWEHRE DANN VIELLEICHT GAR NICHT HIER?
DAS IST DIE FRAGE... HEUTE NACHT WISSEN WIR MEHR.
UNTERDESSEN VERSUCHEN CHATTO UND CLINTON, DIE RURALES OBERHALB DES SAN BERNARDINO ABZUFANGEN...
WO GEHEN WIR HIN?
WIR WARTEN DAHINTEN, UNTER DEN FELSEN AM EINGANG ZUM CANYON...
46

ICH HABE EINEN KUNDSCHAFTER VORAUSGE-SCHICKT...
VERDAMMT... DAS GEFÄLLT MIR NICHT...
POSITIONEN EIN-NEHMEN UND DENKT DARAN: KEINE GEFANGENEN! ¡VAMOS!
RUIZ! MACH IHN LOS!
¡SI, MI CAPITÁN!
SNAP
¡ADELANTE, APACHE! DEINE LETZTE STUNDE HAT GESCHLAGEN! LAUF...
IST DAS DEIN KUNDSCHAF-TER?
JA, ES IST BOTO...
ER WILL, DASS WIR IHM FOL-GEN...
SIEHT SO AUS, ALS OB ER ET-WAS ENTDECKT HAT...
DAMMIT! JETZT WERDEN WIR IN DEN CANYON GELOTST!
47

* ¡CUIDADO! ¡ES UNA TRAMPA! = PASS AUF! ES IST EINE FALLE!
** ¡HIJO DEL DEMONIO! = SOHN DES TEUFELS!

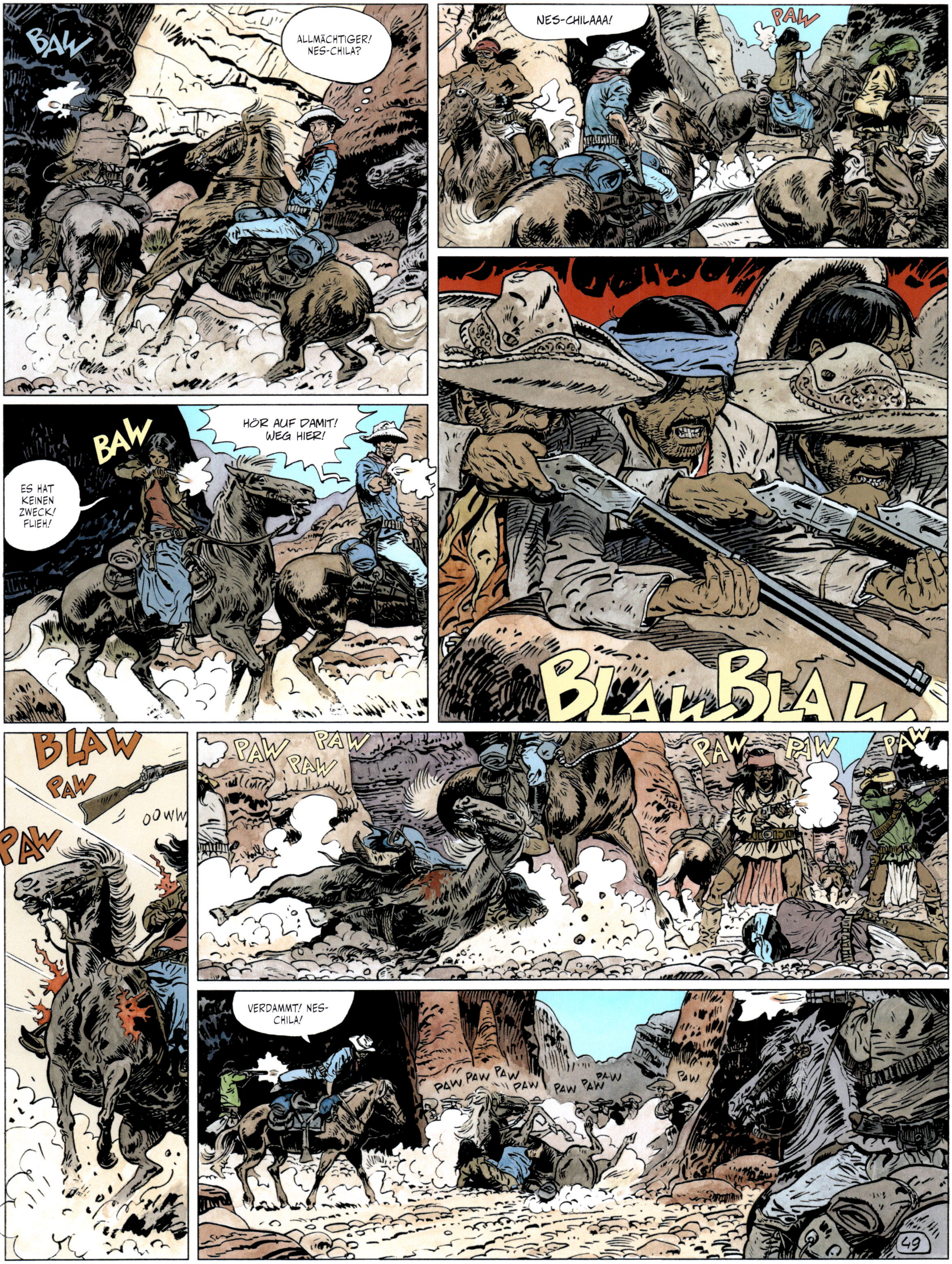
BAW
ALLMÄCHTIGER! NES-CHILA?
NES-CHILAAA!
PAW
BAW
HÖR AUF DAMIT! WEG HIER!
ES HAT KEINEN ZWECK! FLIEH!
BLAW BLAW
BLAW
PAW
OOWW
PAW
PAW PAW PAW
PAW PAW PAW
VERDAMMT! NES-CHILA!
PAW PAW PAW PAW PAW PAW PAW PAW
49

BAW BAW
LASS MICH, ROY! RETTE DICH SELBST!
NO WAY! ICH HOLE DICH HIER RAUS!
WO SIND DIE ANDEREN?
NOCH IM CANYON! WIR MÜSSEN IHNEN HELFEN!
PAW PAW PAW PAW PAW PAW PAW
CHATTO IST AM ARM VERWUNDET?
DIE RURALES SIND ZU VIELE! WIR KÖNNEN NICHTS MEHR FÜR DIE ANDEREN TUN!
ES IST NICHTS...
WO IST MEINE SCHWESTER?
BLOODY HELL! WELCH EIN GLÜCK! DIE MEX SITZEN HIER OBEN NUR AN EINER SEITE DER SCHLUCHT! WENN WIR HART UNTER DEM RAND BLEIBEN, SCHAFFEN WIR ES VIELLEICHT, HIER LEBEND RAUSZUKOMMEN!
PAW PAW PAW
¡CARAÍ! SIE VERSUCHEN ZU ENTKOMMEN! AUF DIE PFERDE! ¡VAMOS!
PAW PAW PAW PAW PAW PAW
WIR SIND AUSSER REICHWEITE! NAH-BAY, WO SIND DIE ANDEREN GEBLIEBEN?
WEISS ICH NICHT!
GOOD LORD! ES SIEHT SO AUS, ALS HÄTTEN WIR FAST DIE HÄLFTE DER KRIEGER VERLOREN!
50

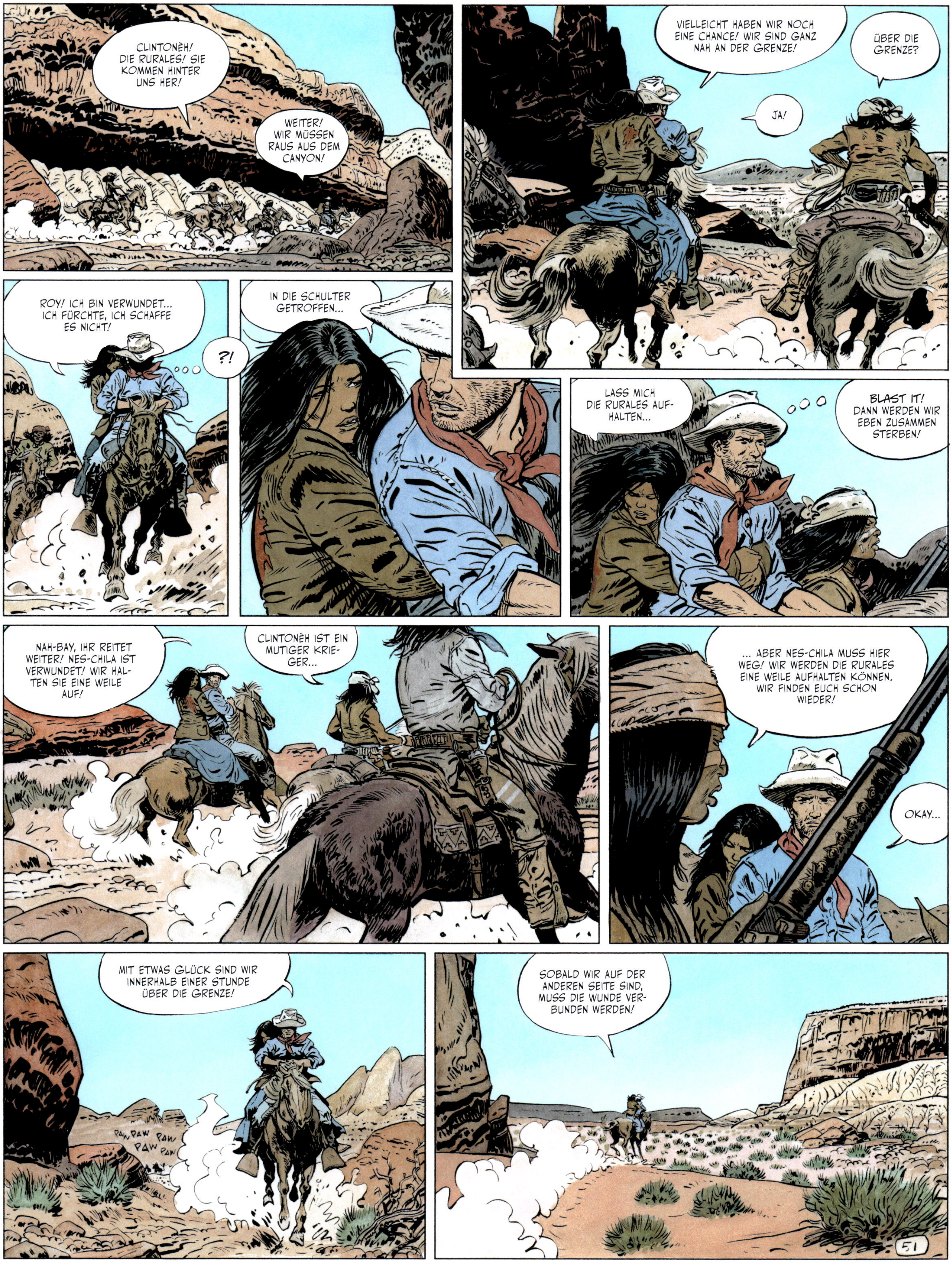
CLINTONÈH! DIE RURALES! SIE KOMMEN HINTER UNS HER!
WEITER! WIR MÜSSEN RAUS AUS DEM CANYON!
VIELLEICHT HABEN WIR NOCH EINE CHANCE! WIR SIND GANZ NAH AN DER GRENZE!
ÜBER DIE GRENZE?
JA!
ROY! ICH BIN VERWUNDET... ICH FÜRCHTE, ICH SCHAFFE ES NICHT!
?!
IN DIE SCHULTER GETROFFEN...
LASS MICH DIE RURALES AUFHALTEN...
BLAST IT! DANN WERDEN WIR EBEN ZUSAMMEN STERBEN!
NAH-BAY, IHR REITET WEITER! NES-CHILA IST VERWUNDET! WIR HALTEN SIE EINE WEILE AUF!
CLINTONÈH IST EIN MUTIGER KRIEGER...
... ABER NES-CHILA MUSS HIER WEG! WIR WERDEN DIE RURALES EINE WEILE AUFHALTEN KÖNNEN. WIR FINDEN EUCH SCHON WIEDER!
OKAY...
MIT ETWAS GLÜCK SIND WIR INNERHALB EINER STUNDE ÜBER DIE GRENZE!
PAW PAW PAW PAW PAW
SOBALD WIR AUF DER ANDEREN SEITE SIND, MUSS DIE WUNDE VERBUNDEN WERDEN!
51

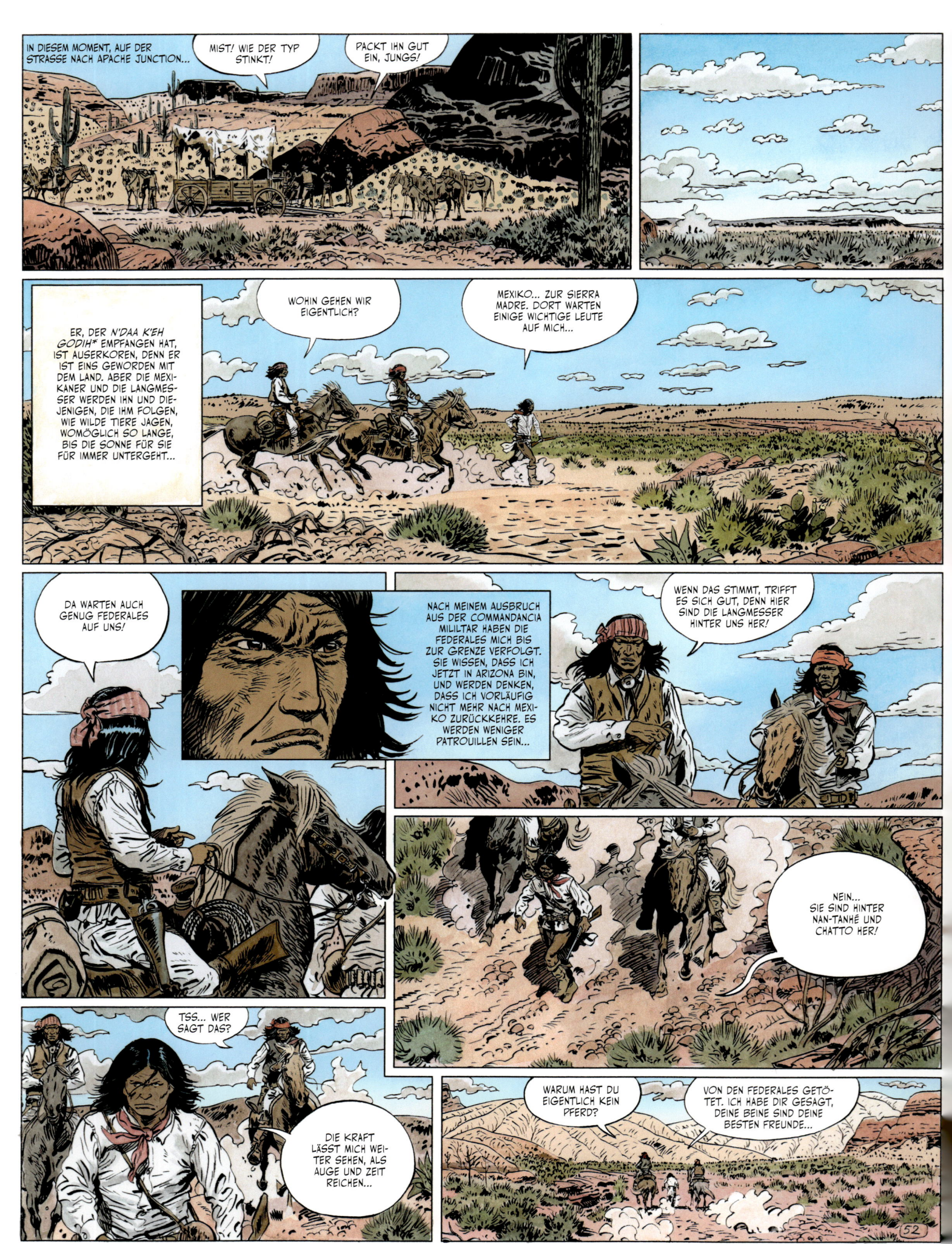

IN DIESEM MOMENT, AUF DER STRASSE NACH APACHE JUNCTION...

MIST! WIE DER TYP STINKT!

PACKT IHN GUT EIN, JUNGS!

ER, DER *N'DAA K'EH GODIH** EMPFANGEN HAT, IST AUSERKOREN, DENN ER IST EINS GEWORDEN MIT DEM LAND. ABER DIE MEXIKANER UND DIE LANGMESSER WERDEN IHN UND DIEJENIGEN, DIE IHM FOLGEN, WIE WILDE TIERE JAGEN, WOMÖGLICH SO LANGE, BIS DIE SONNE FÜR SIE FÜR IMMER UNTERGEHT...

WOHIN GEHEN WIR EIGENTLICH?

MEXIKO... ZUR SIERRA MADRE. DORT WARTEN EINIGE WICHTIGE LEUTE AUF MICH...

DA WARTEN AUCH GENUG FEDERALES AUF UNS!

NACH MEINEM AUSBRUCH AUS DER COMMANDANCIA MILITAR HABEN DIE FEDERALES MICH BIS ZUR GRENZE VERFOLGT. SIE WISSEN, DASS ICH JETZT IN ARIZONA BIN, UND WERDEN DENKEN, DASS ICH VORLÄUFIG NICHT MEHR NACH MEXIKO ZURÜCKKEHRE. ES WERDEN WENIGER PATROUILLEN SEIN...

WENN DAS STIMMT, TRIFFT ES SICH GUT, DENN HIER SIND DIE LANGMESSER HINTER UNS HER!

NEIN... SIE SIND HINTER NAN-TANHÉ UND CHATTO HER!

TSS... WER SAGT DAS?

DIE KRAFT LÄSST MICH WEITER SEHEN, ALS AUGE UND ZEIT REICHEN...

WARUM HAST DU EIGENTLICH KEIN PFERD?

VON DEN FEDERALES GETÖTET. ICH HABE DIR GESAGT, DEINE BEINE SIND DEINE BESTEN FREUNDE...

* *N'DAA K'EH GODIH* = DIE KRAFT. DIE APACHEN GLAUBTEN AN EINE ALLES ÜBERRAGENDE INNERE KRAFT, DIE SICH MANCHMAL BEI EINIGEN OFFENBARTE, UND DIEJENIGEN, DIE DIE KRAFT BESASSEN, MUSSTEN SIE VERNÜNFTIG GEBRAUCHEN. DURCH DIE KRAFT WAR DERJENIGE, DER SIE BESASS, UNANTASTBAR. VON GERONIMO HIESS ES, DASS ER DIE KRAFT, DIE *N'DAA K'EH GODIH*, ALS KIND EMPFANGEN HAT. NACH AUGENZEUGEN VERWENDETE ER DIESE NICHT IMMER IN GANZ UND GAR UNTADELIGER WEISE.

WENN DU WILLST, KANNST DU BEI EINEM VON UNS MITREITEN!	MEINE BEINE SIND NOCH STARK GENUG! ÜBRIGENS, DIE BEINE DER CHIRICAHUA SIND ZUM LAUFEN GEMACHT!

¡MALDITO! WIR HABEN VERGESSEN, UNSERE SPUREN ZU VERWISCHEN!

KEINE SORGE! SEHT NUR! USSEN WIRD DAFÜR SORGEN, DASS ALL UNSERE SPUREN VERSCHWINDEN!

TROTZDEM WERDEN WIR DIR SCHNELLSTENS EIN PFERD BESORGEN!

KOMM, DAISY! WIR SIND BEINAHE DA! DANN GEHT ES BERGAB!

DA! EINE STAUBWOLKE!

DAMNED! DANN MÜSSEN WIR UNS BEEILEN! DER GRENZFLUSS IST HIER GANZ IN DER NÄHE!

DER SAN BERNARDINO! AUF DER ANDEREN SEITE LIEGT ARIZONA!

HELL! WENN DAS DIE RURALES SIND, DANN HAT NAH-BAY ES NICHT GESCHAFFT!

VIELLEICHT IST ES NAH-BAY...

VIELLEICHT. ABER DARAUF WARTEN WIR NICHT!

ICH HAB SO DAS GEFÜHL, DASS WIR SIE NICHT MEHR FINDEN...

NICHT SO KLEINMÜTIG, WARREN! FÜR DIE HUNDERTTAUSEND DURCHSUCHE ICH SELBST DIE SCHEISSWÜSTE!

GLAUB MIR... BALD BRAUCHEN WIR BEIDE FÜR UNSER GELD NICHT MEHR ZU ARBEITEN!

WIR BEIDE?

WIR BEIDE...

ERST MAL OHNE PROBLEME RAUS AUS DIESER DRECKIGEN STADT UND VERSUCHEN, ANN UNVERSEHRT AUFZUTREIBEN!

ES SIEHT SO AUS, ALS OB DER KARREN IM KREIS FÄHRT, SIR...

SIE HABEN RECHT, SERGEANT. DAS IST SCHON DAS DRITTE MAL, DASS WIR HIER LANDEN.

VIELLEICHT SIND DIE LEUTE AUF DER SUCHE NACH IRGENDWAS. ICH VERSTEHE DAS ALLES NICHT...

ENDE DIESER EPISODE

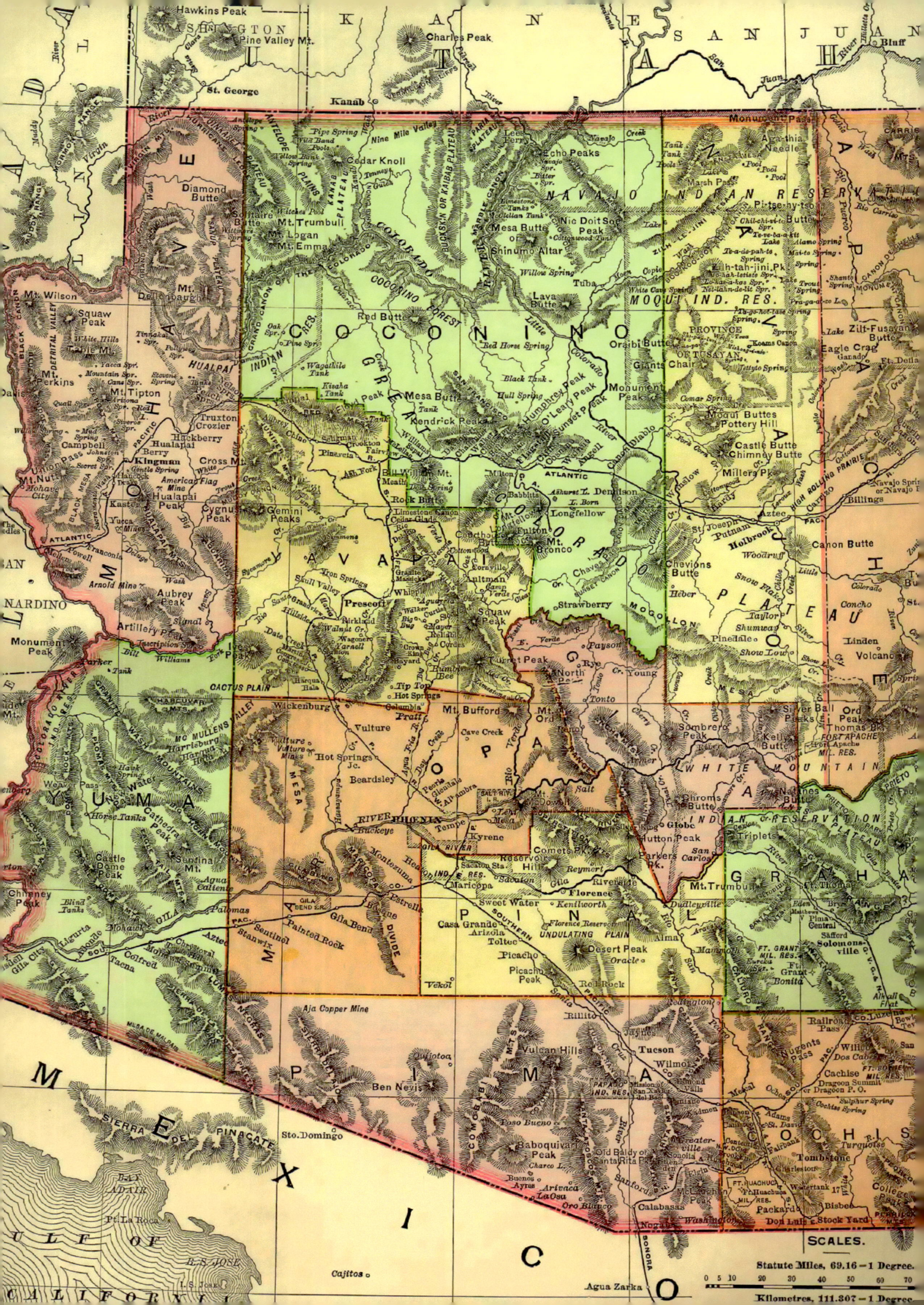
COCONINO
YAVAPAI
MOHAVE
YUMA
MARICOPA
PINAL
PIMA
COCHISE
GRAHAM
GILA
APACHE
NAVAJO INDIAN RESERVATION
MOQUI IND. RES.
WHITE MOUNTAIN INDIAN RESERVATION
FORT APACHE MIL. RES.
HUALPAI
COLORADO PLATEAU
MEXICO
GULF OF CALIFORNIA
SAN JUAN
KANE
WASHINGTON
Hawkins Peak
Pine Valley Mt.
St. George
Kanab
Charles Peak
Bluff
Monument Pass
Lees Ferry
Echo Peaks
Mt. Trumbull
Mt. Logan
Mt. Emma
Diamond Butte
Red Butte
Mt. Wilson
Squaw Peak
Mt. Perkins
Mt. Tipton
Kingman
Hualapai Peak
Cerbat
Union Pass
Mt. Nutt
Mohave City
Truxton
Crozier
Hackberry
Cross Mt.
Gemini Peaks
Cygnus Peak
Aubrey Peak
Artillery Peak
Bill Williams
Williams
Ash Fork
Rock Butte
Mesa Butte
Kendrick Peak
Humphreys Peak
O'Leary Peak
Sunset Peak
Flagstaff
Angell
Canon Diablo
Winslow
Holbrook
Woodruff
St. Joseph
Billings
Canon Butte
Concho
Linden
Snowflake
Taylor
Shumway
Pinedale
Show Low
Heber
Chevlons Butte
Strawberry
Prescott
Skull Valley
Hillside
Date Creek
Congress
Kirkland
Walnut Gr.
Big Bug
Mayer
Crown King
Bumble Bee
Tip Top
Hot Springs
Squaw Peak
Camp Verde
Payson
Rye
Young
North Peak
Tonto
Wickenburg
Vulture
Harqua Hala
Cactus Plain
Mt. Bufford
Cave Creek
Mt. Ord
Sombrero Peak
Kelly Butte
Globe
Hutton Peak
San Carlos
Pioneer
Phoenix
Tempe
Mesa
Kyrene
Buckeye
Maricopa
Sacaton
Casa Grande
Arizola
Toltec
Picacho
Picacho Peak
Florence
Riverside
Dudleyville
Mammoth
Reymert
Comets Pk.
Sweet Water
Desert Peak
Oracle
Red Rock
Gila Bend
Painted Rock
Sentinel
Stanwix
Aztec
Mohawk
Tacna
Gila City
Castle Dome Peak
Sandinal Mt.
Agua Caliente
Chimney Peak
Parker
Ehrenberg
Aja Copper Mine
Quijotoa
Ben Nevis
Vulcan Hills
Tucson
Wilmot
Pantano
Sto. Domingo
Baboquivari Peak
Arivaca
Oro Blanco
Calabasas
Nogales
Old Baldy or Santa Rita Pk.
Greaterville
Mt. Trumbull
Mt. Thomas
Solomonsville
Safford
Ft. Grant Mil. Res.
Fort Grant
Bonita
Railroad Pass
Willcox
Dos Cabezas
Cachise
Dragoon Summit
Tombstone
Charleston
Fairbank
Benson
Ft. Huachuca Mil. Res.
Packard
Bisbee
Stock Yard
Don Luis
College Peaks
Sierra del Pinacate
Bay Adair
Cajitos
Agua Zarka
San Bernardino
SCALES.
Statute Miles, 69.16 = 1 Degree.
Kilometres, 111.307 = 1 Degree.

Nachwort

Die Saga der Apachenkriege in den Jahren zwischen 1851 und 1900 ist komplex und mitreißend. Mehr als ein Vierteljahrhundert lang spielen sich Hunderte Hinterhalte, Überfälle, Morde und militärische Kampagnen und Kämpfe in einer enormen, rauen und abwechslungsreichen Landschaft ab. Ein riesiges Gebiet, das reich ist an niedriger Vegetation, gewaltigen Bergkämmen, eindrucksvollen Canyons und vulkanischen Erhebungen. Das Territorium ist in vielerlei Hinsicht schwer zugänglich. Auf alten Karten trägt der zentrale Teil dieser Region noch den Namen Apacheria, hauptsächlich gelegen im heutigen Südwesten der USA, manchmal mit einer Erwähnung per Teilgebiet des sich jeweils dort befindlichen Apachen-Stammes.

In Mexiko gab es schon seit dem 17. Jahrhundert regelmäßig Probleme mit den Apachen, da Apacheria quer durch beide Länder verlief. Die formalen Staatsgrenzen existierten für die Apachen eigentlich nicht – einerseits, da sie nicht sichtbar waren, andererseits, da die Apachen die formale Grenzziehung nicht akzeptierten und sich unabhängig fühlten. Die Apachen befanden sich damit in einer äußerst prekären Situation, innerhalb derer sie versuchen mussten, sich zu behaupten.

Während des Amerikanischen Bürgerkrieges von 1861 bis 1865 intensivierten sich die bewaffneten Konflikte mit den Apachen und nahmen nach dem Krieg auch an Umfang zu. Seit 1865 wurde im zentralen Teil der Vereinigten Staaten eine neue Armee-Einheit eingesetzt, die US-Kavallerie, die unter anderem mehr Kontrolle und Schutz der kolonialen Bevölkerung gewährleisten sollte. Auch im entfernten Südwesten wurden diese Truppen eingesetzt, um vor allem die Apachen, aber auch die Comanchen zu bekämpfen. Es waren die Apachen-Krieger Geronimo und seine Gefolgsleute, die immer wieder in den Schlagzeilen waren. Mit der Kapitulation von Geronimo 1886 endeten die großen Auseinandersetzungen mit den Apachen.

Über den Bedonkohe-Apachenkrieger Geronimo wurde seither in den letzten mehr als hundert Jahren viel geschrieben. Goyahkla oder Goyathlay, wie er wirklich hieß, wurde 1829 im heutigen Clifton, Arizona, geboren, was damals noch mexikanisches Staatsgebiet war. Nach der Überlieferung bedeutet sein Name »er, der gähnt«. Aber einige behaupten, dass der Name eher »intelligent, schlau und wohlgesinnt« meint. In der Außenwelt dachte man, dass er ein Häuptling war, so wie unter anderem Cochise, Mangas Coloradas und Naiche. Aber Geronimo war kein Häuptling. Für seine Leute war er ein Medizinmann, ein Schamane und Wahrsager.

Jason Betzinez, ein Apachenkrieger, der in der Gruppe von Geronimo mitgekämpft hatte, erklärte später in seiner Biografie, dass Geronimo hellsichtig war. In unerwarteten Momenten überkamen ihn Offenbarungen, er ließ dann plötzlich sein Messer fallen und sagte zum Beispiel: »Männer, unsere Leute, die wir im Basislager zurückgelassen haben, sind jetzt in den Händen der amerikanischen Armee! Was sollen wir tun?« Seine erste bedeutende Vision hatte er 1858, kurz nach dem Blutbad von Kaskiyeh, bei dem er selbst nicht anwesend war. Dabei hatte er auf einmal sowohl seine Frau, seine Kinder als auch seine Mutter verloren, die während eines Überfalls durch die mexikanischen Armee kaltblütig getötet wurden. Kurz danach stand er auf einer Bergspitze, auf der er eine Stimme hörte, die viermal seinen Namen rief. Die Stimme sagte, dass er durch

Oben: Apache Scouts
Linke Seite: Karte von Arizona aus 1895

keine einzige mexikanische Kugel getötet werden würde. In den Jahren danach gewann Geronimo den Ruf, unerschrocken, unbarmherzig und gewalttätig zu sein, aber auch den eines mysteriösen, ungreifbaren Schattens, der wie ein mordlustiger Teufel die Seele raube. Tatsächlich schien er unverwüstlich zu sein. Er wurde in den mehr als 25 Jahren, die er kämpfte, verschiedene Male verwundet, aber er erholte sich immer wieder. Am 17. Februar 1909 starb Geronimo schließlich in Kriegsgefangenschaft im respektablen Alter von 79 Jahren an einer Lungenentzündung in Fort Sill, Oklahoma, und er wurde dort auf dem *Apache Prisoner of War Cemetery* beerdigt.

Scouts mit kriegsgefangenen Apachen

Die Chiricahua-Apachen wurden nach dem Ende ihres Kampfes über mehr als 25 Jahre als Kriegsgefangene in Gebiete gebracht, aus denen sie ursprünglich nicht stammten, da die US-amerikanische Regierung befürchtete, dass die Probleme sich sonst wiederholen würden. Auch die loyalen Scouts, die in der Armee gedient hatten, wurden unehrenhaft entlassen und als Kriegsgefangene zu den Anderen gesteckt. Durch die ungesunden Zustände in den Gefängnissen starb ein großer Anteil der Gefangenen an Krankheiten. 1913 und 1914 wurden die Übriggebliebenen vom Kriegsministerium offiziell freigelassen und ins Mescalero-Apachen-Reservat in New Mexico und zu kleinen Farmen in Oklahoma geschickt. Ihre Nachkommen leben heute noch dort. Die US-amerikanische Regierung hat nicht erlaubt, dass sie in ihre Heimatgründe zurückkehren durften.

Die reguläre US-Kavallerie bestand von 1775 bis 1942. In den Jahren 1865 bis 1890 sollte eine neu aufgestellte Armeeeinheit, die *Plains Cavalry*, die Siedler, Railroaders, Planwagenkolonnen, Betriebe und Goldsucher gegen Angriffe der Indianer schützen. Die Aufgabe der *Plains Cavalry* war in erster Linie, die zentral gelegenen Gebiete und die südwestlichen Territorien der wachsenden Nation unter Kontrolle zu halten. In den gut zwölf Jahren, die dem US-amerikanischen Bürgerkrieg vorangingen, entstand eine lange Reihe von Forts in dem Teil, der das Gebiet vom Osten abgrenzte. Eine Methode, die abgeleitet schien von der sogenannten Römischen Grenzlandpolitik. Kurz gesagt, bedeutete das den Bau von militärischen Stützpunkten in Gebieten, die kolonisiert und gegen die ursprünglichen Bewohner beschützt werden sollten. Das gesamte Gebiet westlich des Mississippi wurde als unbekannt angesehen. Die meisten US-Amerikaner, die damals östlich vom Mississippi lebten, hatten überhaupt keine Ahnung von den Gefahren, Entbehrungen und Widrigkeiten, mit denen sich die Siedler jenseits des Flusses konfrontiert sahen. Die Kavallerie war nur ein Hilfsinstrument, um die wachsende Kolonisation zu schützen und dafür zu sorgen, dass diese sich ungehindert weiter ausbreiten konnte. Anfangs war der opportune Begriff »Frontier« oder später »der Westen« eine nicht deutlich erklärte Idee für das, was westlich lag im Gegensatz zum »besseren« östlichen Teil der Vereinigten Staaten. Aber mit den Jahren veränderte sich das Bild zu einer verkleinerten Vision vom »Westen«, da dieser, je weiter sich die Kolonisation ausbreitete, immer mehr schrumpfte. Schließlich blieb nur der äußerste südwestliche Bereich der Vereinigten Staaten bis etwa Mitte des 19. Jahrhunderts zum größten Teil unkultiviert.

Und auch in dieser Region hatte die Kavallerie ihren Teil zur Erfüllung ihrer Aufgaben beizutragen. Die dort siedelnden Apachen, die wegen ihrer langandauernden negativen Erfahrungen mit den Mexikanern fest entschlossen waren in ihrer Überzeugung, nicht beherrscht werden zu wollen, gerieten schon bald in Konflikt mit den Neuankömmlingen, den Bleichgesichtern. Von allen aufständischen Apachen war es Geronimo, der zum hartnäckigsten Widersacher der US-Armee wurde. Und obwohl das heikle Problem der ursprünglichen Bewohner (»Native Americans«) von einer wachsenden Zahl hoher Armee- und Regierungsfunktionäre mit einigem Maß an Humanität und sogar Empathie angegangen wurde, war das schließlich nicht genug, um die sich anbahnenden Schwierigkeiten in dieser weiten, unzugänglichen und fremdartigen Welt zu beheben. Unerwartete Wendungen durch Fehler und falsche Beurteilungen von Armee und Siedlern, manchmal verursacht durch Unverständnis für oder Fehlen von Einsicht in die kulturellen Unterschiede und Denkweisen, konnten das Pulverfass jederzeit zur Explosion bringen. Dabei nutzte die Kavallerie schon bald Apachen-Scouts. Diese Scouts waren sogar offiziell Bestandteil der Armee.

Die Kavallerie war in dieser Periode eine US-Version der französischen Fremdenlegion und der Königlichen Niederländisch-Indischen Armee. Eine Fremdenarmee, die zu 50% aus frisch Eingewanderten sowie Iren, Briten, Franzosen, Italienern, Spaniern, Schweizern, Österreichern, Deutschen und Holländern bestand, plus einer Handvoll anderer Nationalitäten, Ex-Sklaven und später auch Ureinwohner, die als Scouts dienten. Die US-Armee war damit wie ein Fremder in einem fremden Land. Das Durchschnittsalter eines sogenannten »troopers« lag bei 23 Jahren und bei 32, wenn er verlängerte. Die Iren waren am stärksten vertreten, und viele unter ihnen waren Immigranten, die in ihrem Heimatland unter Armut, Hungersnot und Arbeitslosigkeit gelitten hatten. Wenig erstaunlich, dass eine große Anzahl von ihnen in der US-Armee landete. Der Sold betrug 13 Dollar pro Monat für einen normalen *trooper*, ein Sergeant bekam 22 Dollar, ein Leutnant 115 Dollar und ein Oberst 300 Dollar monatlich. Den Ex-Sklaven bot die Kavallerie mehr als das Entkommen aus der Nachkriegsmisere: Wehrsold, soziale Akzeptanz und sogar ein Gefühl von Rassenstolz, das nur von wenigen Weißen verstanden wurde. Schwarze Einheiten schienen berechenbarer, vertrauensvoller und disziplinierter zu sein als die weißen Einheiten. Fahnenflucht war aber ein großes Problem, und 33% der gut 225.000 *trooper* desertierten in den Jahren zwischen 1867 und 1890. Allein in General Custers 7. Kavallerieregiment gingen 52% von der Fahne! Ein noch größeres Problem war, die Deserteure zu ersetzen, am liebsten mit erfahrenen Männern. Auch Krankheit und andere Verpflichtungen in den Forts und Lagern sorgten für Ausfälle. Zudem ließ die Qualität vieler Offiziere, sowohl in den niedrigeren als auch in den höheren Rängen, oft zu wünschen übrig. Es gab zu wenige ausgebildete Offiziere, was einen adäquaten Einsatz zu Feldzügen etc. verhinderte. Das Problem blieb eine ernste Schwachstelle der Armee und damit auch der Kavallerie. Die *Plains Cavalry* existierte bis 1890.

Ein Regiment bestand aus zwölf Abteilungen, meist bezeichnet mit A bis M. Es gab keine J-Abteilung, da zu jener Zeit in der Handschrift die Buchstaben I und J leicht miteinander verwechselt wurden. Eine Kavallerie-Abteilung war dasselbe wie eine Infanterie-Einheit. Ein Bataillon oder eine Eskadron bestand aus vier Abteilungen. Das Kommando über jedes Bataillon hatte ein Major. Die Abteilung selbst bestand aus 95 Männern, untergliedert in folgende Ränge:
1 Hauptmann (Captain)
1 Erster Leutnant
1 Zweiter Leutnant
1 Erster Sergeant
5 Sergeanten
4 Korporale
2 Trompeter
2 Hufschmiede und Tierärzte
78 Soldaten (geschätzte Anzahl)

Die mexikanischen Rurales hingegen waren berittene Polizeitruppen während der Regierungszeit von Präsident Benito Juárez, wurden 1862 gegründet und waren als Unterabteilung Teil der mexikanischen föderalen Armee (Federales). Die Einheiten waren anfangs klein und dienten hauptsächlich zur Verhinderung von Banditentum und Überfällen von Apachen. Die Armee setzte mexikanische Yaqui-Indianer als Scouts ein. Die Yaqui waren Feinde der Chiricahua. Die militärischen und polizeilichen Operationen dieser Truppen ähnelten in gewisser Weise denen der US-Kavallerie-Einheiten, die während der Plains-Indianer- und Apachen-Kriege eingesetzt wurden. 1889 wurden die Rurales von Diktator Porfirio Díaz reformiert und ausgebaut und schon bald ein berüchtigter und verhasster Apparat, um Unruhen auf dem Land zu bekämpfen. Nach dem Sturz von Porfirio Díaz bestanden die Rurales unter den Präsidenten Francisco I. Madero und Victoriano Huerta weiter. Erst nach dem Sturz von Huerta 1914 wurden sie aufgelöst.

Chiricahua Scouts on trail

U.S Kavallerie auf der Höhe der Black Range, Hillsboro in New Mexiko, 1885

Abteilung Apachen Scouts von unterschiedlicher Herkunft

Schon seit Beginn der Kolonisation von Nord- und Südamerika wurden fortwährend indigene (einheimische) Stämme oft mit brutaler Gewalt, manchmal in beiderseitigem Einvernehmen, manchmal einschließlich unter Zwang abgeschlossener, fragwürdiger Verträge aus ihrer gewohnten Lebensumgebung herausgerissen. Mitunter wurden Indianerstämme auch komplett niedergemetzelt, und es kam sogar vor, dass Stämme gegeneinander aufgehetzt wurden. Der Prozess der kulturellen Assimilation, bei dem die *Native Americans* sich der europäisch-amerikanischen Kultur fügen sollten, begann gegen Ende des 18. Jahrhunderts, wurde von George Washington und Henry Knox theoretisch und politisch formuliert und hatte zum Ziel, den Zivilisationsprozess zu stimulieren. Durch die zunehmende Zahl europäischer und asiatischer Immigranten vertrat man die Ansicht, dass Bildung für die Akkulturation von Minderheiten förderlich wäre. Dieser Prozess dauerte schließlich bis Ende der 1920er-Jahre an. Wegen der vielen Probleme, die weiterhin mit den Stämmen der Ureinwohner entstanden, wurde 1824 vom amerikanischen Kriegsministerium ein Ressort für Angelegenheiten der Indianer eingerichtet *(Office of Indian Affairs)* und daraufhin 1830 der *Indian Removal Act* erlassen. Unter dieser politischen Maßregel entstanden die ersten offiziellen Reservate, über mehrere Staaten verstreut. Die südwestlichen Gebiete wurden relativ spät von den Vereinigten Staaten annektiert. Hintergrund war zum einen der Texanische Unabhängigkeitskrieg 1835/36, zum anderen der Mexikanisch-Amerikanische Krieg 1846-1848, die beide zum Vorteil von Washington geschlichet wurden. Formell bedeutete dies die Einverleibung von Kalifornien, Texas und des New Mexico Territory, zusammen mit einem Teil des Arizona Territory. Letzteres war anfangs noch ein Teil von New Mexico (bis 1863). Der heutige Staat Arizona wurde erst Anfang 1912 als 48. Staat der USA etabliert. Die Eroberung dieser Territorien hatte weitreichende und desaströse Folgen für die einheimische Bevölkerung in diesen Landstrichen, unter anderem für die Apachen, die dort schon seit Menschengedenken gelebt hatten. Anfangs nur in Mexiko verhasst, breitete sich der Abneigung gegen die Apachen allmählich auch unter der neu angekommenen weißen Bevölkerung von Arizona und New Mexico aus. Einige Wissenschaftler vermuten im Übrigen, dass der Name Arizona von einem Begriff der Tohono O'odham (Papago)-Indianer stammt, der »Stelle der jungen (oder kleinen) Quelle« bedeutet. Andere glauben, dass der Name ein baskischer(!) Ausdruck ist für »gute Eiche«.

Zunehmende Probleme zwischen den Siedlern und den Apachen sorgten dafür, dass Washington seit 1864 die Apachen unter Druck in Reservaten unterbrachte, mit dem Ziel, Ruhe in die kolonisierten Gebiete zu bringen. Diese Maßregel fiel unter die *Forced Assimilation* und fand statt in den Jahren zwischen 1868 und 1887. Sie war eine Fortsetzung der kulturellen Assimilation unter Einsatz unmittelbaren Zwangs und währte bis ins 20. Jahrhundert. Apachen, die wussten, wie sie der Armee entgehen konnten, oder die aus den Reservaten entkamen, wurden für vogelfrei erklärt, und auf ihren Kopf wurde eine Prämie ausgesetzt. Noch immer gibt es assimilierte *Native Americans*, die sich in der europäisch-amerikanischen Gesellschaft nicht ganz zu Hause fühlen, trotz der Anstrengungen, sie in diese Gesellschaft zu integrieren. Es existieren heute mehr als 300 Reservate, Dörfer, Kolonien und Rancherias der indigenen Amerikaner, verbreitet über die gesamten Vereinigten Staaten.

Scouts aus Fort Wingate, New Mexico

Bibliografie

A Chiricahua Apache's account of the Geronimo Campaign of 1886 – Samuel E. Kenoi; Morris Oppler, Historical Society of New Mexico and University of New Mexico, University of New Mexico, Albuquerque 1938

Apaches and the mining menace; Indian-White conflicts in Southwestern New Mexico, 1800–1886 – Hana Samek Norton, New Mexico Geological Society Guidebook, 1998

Apache Wars: A Constabulary Perspective; a monograph – Major Jeremy T Siegrist U.S. Army, School of Advanced Military Studies United States Army Command and General Staff College Fort Leavenworth, Kansas, 2005

Chronicles of War: Apache & Yavapai Resistance in the Southwestern United States and Northern Mexico, 1821–1937 – Berndt Kühn, Arizona Historical Society, 2014

Colonel Ranald Mackenzie and the Apache problem, 1881–1883; a thesis in history – James Weldon Smith, Faculty of Texas Tech University, 1973

Eyewitnesses to the Indian Wars, 1865–1890: The Struggle for Apacheria – Peter Cozzens, Stackpole Books, Harrisburg, Pennsylvania 2001

Fort Bowie, Arizona: Combat Post of the Southwest, 1858–1894 – Douglas C. McChristian, University of Oklahoma Press, 2006

I Fought with Geronimo – Jason Betzinez, Stackpole Books, 1960

Records of the Bureau of Indian Affairs Central Classified Files, 1907–1939 – Project editor, Robert E. Leste, Library of Congress Cataloging-in-Publication Data, 1995

The Apache Campaign of 1886; Records of the U.S. Army Continental Commands, Department of Arizona – Kristen M. Taylor, Lexis Nexis; Reed Elsevier, 2009

The Indian wars of the West and frontier army life, 1862–1898 – Project editor, Robert E. Leste, Library of Congress Cataloging-in-Publication Data, 1998

The United States Cavalry 1865–1890, Patrolling the Frontier; Historical Warriors Series – A. Mayoralas, Andrea Press, 2006

Western Apache Raiding and Warfare – Keith H. Basso, University of Arizona Press, 1971